일상

———

통찰

일상 ——— 통찰

정민규 지음

프로방스

서로 사랑하면

부족하기 이를 데 없는 제가 이렇게 책을 내게 되었습니다. 이 책을 출판한 계기와 이유를 저는 '하나님의 사랑'이라고 말씀드리고 싶습니다. 죄인 중의 괴수인 제가 하나님의 사랑으로 말미암아 회심하게 되었고, 또 회개하며 살게 되었습니다. 또한 지극히 작은 자이지만 하나님의 사랑을 제 삶에서 전하고 나누는 일을 하겠다는 인생 목표를 세우게 되었습니다.

유일하게 좋아하는 일이 글 쓰는 일이라 AIM(All Insight Media, www.aiminlove.com)을 설립해 거의 매일 글을 써서 올리기 시작했습니다. 기업명에 표현되어 있는 그대로 '통찰'이 목적입니다. 바로 '성경 중심의 일상 통찰'이죠. 일상을 살아가면서 느끼는 것들을 통찰해서 결국 나와 우리의 삶이 변화하기를 바라는 소망을 담은 글들입니다.

AIM 홈페이지는 말씀 묵상/삶의 지혜/신앙 생활/건강 생활/가정 생활/자녀 교육/은사와 일/전도의 삶 등 8가지로 구성해 우리 삶의 모든 일상을 담아내고자 했습니다. 성경 말씀, 제가 경험한 일, 주변에서 들은 일, 책에서 본 내용, 사회 트렌드, 노래, 영화 등 다양한 소재를 다루면서 그 모든 이야기를 성경으로 관통하고자 했습니다.

글을 쓰면서 성경의 진리, 그 진리의 능력을 뼈저리게 깨달았습니다. 제 글이 힘이 있는 것이 아니라, 성경 구절을 인용할 때 글에 힘이 생겼습니다. 성경은 우리를 향한 하나님의 뜻이 담겨 있으므로 그야말로 인생의 전부라 할 수 있습니다. 이 책이 유일하게 바라는 바가 있다면, 그것은 이 책을 통해 우리가 성경을 마음에 받아 살아가는 것입니다. 성경 말씀의 능력을 깨닫고 힘입어 살아가는 것입니다.

이 책은 홈페이지에 실렸던 내용을 새롭게 구성한 것입니다. 사랑과 관계/가정과 자녀/소통과 배려/성찰과 성숙/소명과 헌신 등 5부로 구성되어 있습니다. 저 자신에게, 우리에게, 우리 사회에 필요해 보이는 5가지 주제로 구성한 것입니다. 대부분 에세이처럼 썼고, 시처럼 쓴 것도 있습니다. 거의 다 간결합니다. 그리고 읽기 좋게 글의 호흡을 짧게 해서 배열했습니다. 서로 이어지는 글이 아니기 때문에 아무 데다 펼쳐 읽어도 무방합니다.

모든 글은 결국 하나로 압축됩니다. 바로 '사랑'입니다. '하나님의 사랑'입니다. 우리가 사랑을 알고, 사랑을 행하게 된다면 그것이 곧 복된 인생이요, 바람직한 신앙 생활이라고 할 수 있을 것입니다. 실로 사랑은 모든 두려움과 미움을 몰아내고, 하나님이 우리에게 원하시는 선한 길로 우리를 인도해 주니까요.

　독자 여러분이 이 책의 각 글을 읽으실 때에 과연 사랑이란 무엇일까, 나는 사랑을 위해 무엇을 할 수 있을까, 함께 생각해 보면 좋겠습니다. 행함으로 이어지지 않는 통찰이란 사실 통찰이라고 할 수도 없을 테니까요. 우리가 사랑받는 존재이고, 사랑하기 위해 사는 존재임을 깨달아, 매일매일 하나님의 사랑을 누리고 전하기를 간절히 바랍니다.

(요일4:7)사랑하는 자들아 우리가 서로 사랑하자 사랑은 하나님께 속한 것이니 사랑하는 자마다 하나님께로 나서 하나님을 알고

(요일4:8)사랑하지 아니하는 자는 하나님을 알지 못하나니 이는 하나님은 사랑이심이라

(요일4:9)하나님의 사랑이 우리에게 이렇게 나타난 바 되었으니 하나님이 자기의 독생자를 세상에 보내심은 저로 말미암아 우리를 살리려 하심이니라

(요일4:10)사랑은 여기 있으니 우리가 하나님을 사랑한 것이 아니요 오직 하나님이 우리를 사랑하사 우리 죄를 위하여 화목제로 그 아들을 보내셨음이니라

(요일4:11)사랑하는 자들아 하나님이 이같이 우리를 사랑하셨은즉 우리도 서로 사랑하는 것이 마땅하도다

(요일4:12)어느 때나 하나님을 본 사람이 없으되 만일 우리가 서로 사랑

하면 하나님이 우리 안에 거하시고 그의 사랑이 우리 안에 온전히 이루느니라

요한일서 4장 7-12절 말씀이 실은 우리 인생의 전부를 함축하고 있습니다. 이 책도 결국 요한일서 4장 7-12절로 응축되지요. 우리가 사랑할 때 나 자신과 가족과 이웃과 동료에게 복이 되고, 하나님께 영광이 됩니다. 이 놀라운 사랑의 은혜를 우리가 일상에서 마음 깊이 누리기를 간절히 소망합니다.

하나님의 사랑을 전하는 AIM 기업을 시작하고 이어 가는 동안 많은 분들의 도움이 있었습니다. 제가 바랐던 것보다 훨씬 더 멋지고 깔끔하게 홈페이지를 제작해 준 세현이, 응원해 주고 지지해 주신 경향교회 성도 분들, 글을 발송하면 성경적으로 훨씬 더 잘 정리해 거의 빠짐없이 화답해 주신 김은하 권사님(권사님 덕분에 힘을 받아 매일 글을 쓸 수 있었습니다), AIM의 카톡 플러스친구를 통해 AIM의 친구가 되어 주셔서 글을 발송받고 공유해 주시고 친구를 늘려 주신 AIM 카톡 플러스친구의 친구 분들, 이 지면을 빌려 마음 깊이 감사하다는 말씀을 올립니다.

또한 아낌없는 투자로 이 책을 출판해 주신 프로방스 출판사의 조현수 대표님, 세련되게 이 책을 디자인해 주신 전은숙 실장님께 깊은 감사의 말씀을 올립니다. 이 모든 분들을 하나님이 제게 붙여 주신 고마운 분들이라 여기고 있습니다.

그리고 저의 인생을 통틀어 감사할 분들, 부모님과 저의 가족에게 늘 감사하다는 말을 전하고 싶습니다. 사랑과 지지로 저의 인생을 이끌어 주신 부모님께 보답하는 길은 선하게 사는 것이라 생각합니다. 저의 가족에게는 많이 미안합니다. 그동안 가장, 남편, 아빠로서 너무나 부족한 저를 이해해 주고 사랑해 주고 응원해 준 우리 혜자매님들(인혜 님, 혜민 님, 혜리 님), 내 전부를 다해 사랑합니다.

　이 모든 일은 하나님이 하십니다. 늘 선한 길로 우리를 인도해 주시는 하나님께 모든 감사와 찬양과 영광을 올려 드립니다.

정민규

차례

첫 번째 통찰

사랑과 관계

네 번째 통찰

성찰과 성숙

다섯 번째 통찰

소명과 헌신

Love & Relationship

사랑과 관계

사랑이면

다 웃습니다.

사랑이면

다 됩니다.

왜냐하면 사랑은

늘 승리하기 때문입니다.

[인생과 운전] 거리 두기

이제 막 운전면허를 따고 처음으로 강변북로를 달려 본 그때가 기억이 납니다.

감사하게도, 운전 경력이 오래된 형이 사이드 미러도 잘 못 보고 차선도 잘 바꾸지 못하는 동생에게 제대로 가르쳐 주었습니다.

특히 기억나는 게 차량을 차선과 차선 사이의 중앙에 두는 방법입니다.

제가 공간 감각이 거의 없어서 지금도 그 원리가 잘 이해되지 않지만, 핸들은 차량 왼쪽에 달려 있는데도 핸들이 차선과 차선 사이의 중간에 오게 하면 차량이 차선과 차선 사이의 중앙에 위치하더군요.

운전을 오래 한 지금도 형이 그때 해 준 말을 생각하면서 종종 차량이 차선과 차선 사이의 중앙에 위치해 있는지 확인해서 다시 핸들을 차선과 차선 사이의 중간 지점을 향하게 합니다.

이것은 운전하는 서로가 지금 이 차선만 달리겠다는 암묵적인 소통일 것입니다.

제가 운전 중에 이러한 '거리 두기'를 중시하는 이유는, 운전 중 가장 피곤할 때가 '거리 두기'를 무시하는 차량을 만날 때이기 때문입니다.
주로 아래 두 가지 경우입니다.

#1
차선을 넘어올 듯 '칼치기'를 하면서 자기가 달리고 있는 차선을 절대
넘보지 말라고 위협하듯 스치듯 내달리는 차량을 만났을 때.

#2
당최 어느 차선으로 달릴지 알 수 없게 하려는 양, 이쪽 차선에 걸쳤다
가 저쪽 차선에 걸쳤다가 하면서 헷갈리게 하는 차량을 만났을 때.

아마도 이 두 가지 경우는 옆 차선을 달리고 있는 차가 얼씬도 못하게
미리 '방어(?)' 운전을 하겠다면서(#1) 또는 내 차가 달릴 영역을 미리
확보(?)하겠다면서(#2) 습관으로 굳어져서 나오는 행위일 수 있는데,
실상은 공연히 남을 위협해 놀라게 하거나(#1, #2), 종잡을 수 없이 운전
해 사고를 유발합니다(#1, #2).

인생 가운데서도 우리는 이렇게 표현하기조차 어려운
'완악한 고집과 아집'으로 스스로 모나게 되고
그 모남으로 남도 괴롭힙니다.

고집(固執)
자기의 의견을 바꾸거나 고치지 않고 굳게 버팀.
또는 그렇게 버티는 성미.

아집(我執)
자기중심의 좁은 생각에 집착하여 다른 사람의 의견이나 입장을
고려하지 아니하고 자기만을 내세우는 것.

완악(頑惡)**하다**(頑 완고할 완, 惡 악할 악)
성질이 억세게 고집스럽고 사납다.

그러나, 거리를 둔다는 것은, '사랑의 배려'를 뜻하는 듯합니다.

그래서, 우리는 삶에서 거리를 두는 지혜를 배우고, 발휘해야 하는 것 같습니다.

그 거리는 공간의 거리일 수도 있고, 마음의 거리일 수도 있겠지요.

거리 두기란, 당신을 멀리하겠다는 게 아니라, 당신이 거기 그렇게 있음을 내가 알고 있다고, 그래서 당신이 여유를 갖도록 거리를 두겠다고 마음으로, 행위로 표현하는 것이겠지요.

즉, 공격적이지도, 방어적이지도 않고 내 자리에 나 있음으로 서로가 화평한 것이지요.

그렇게 함께 목적지에 평안하게 도착하도록요.

이것이 '거리 두기'로 이루어지는 아름다운 생의 모습일 것입니다.

함께한 그곳에서 당신 마음의 핸들은 어디를 향하고 있나요?

(마 13:15)이 백성들의 마음이 완악하여져서 그 귀는 듣기에 둔하고 눈은 감았으니 이는 눈으로 보고 귀로 듣고 마음으로 깨달아 돌이켜 내게 고침을 받을까 두려워함이라 하였느니라

(마 13:16)그러나 너희 눈은 봄으로, 너희 귀는 들음으로 복이 있도다

마음과 성품과 힘을 다하여

거북이를 키운 지가 두 달쯤 된 것 같습니다.

아이들이 동물을 키우면서 정성을 들이며 교감해 보는 기회를 진작부터 갖게 해 주고 싶었는데 강아지는 책임질 게 굉장히 많은 듯해서 그리고 예전에 다른 집에서 거북이 키우는 걸 보고 귀엽기도 하고 큰 공안 들이고 키우는 것 같아서 우리 집 애완동물로 거북이를 택했습니다.

마트 애완동물 담당 직원의 간단한 설명을 듣고 두 마리를 사 왔는데 물을 갈아 주는 것과 거북이를 씻기고 다루는 것에 대해 자세히 알아보지를 않는 바람에 그만 한 마리를 땅에 묻어 주게 되고 말았습니다.

저의 주도로 가족과 상의해서 거북이를 키우기로 한 거였는데 인터넷만 좀 검색해 봐도 알 수 있는 정보를 찾아보지 않아서 벌어진 이 일로 애꿎은 동물 한 마리를 떠나보내게 되었고 가족에게도 슬픔을 안겨 주고 말았습니다.

그 일이 있고 나서도 거북이에게 별다른 관심을 주지 않고 특별히 거북이와 거북이 기르는 방법에 대해 자세히 알려고도 하지 않았습니다.

그러다가 단지, 한 마리만 있게 하는 게 아닌 거 같아서 다시 한 마리를 키우게 되면서 거북이에 대해 본격적으로 알아보기 시작했습니다. 거북이의 종의 특성, 거북이가 좋아하는 환경과 먹이와 온도에 대해 인터넷을 통해 하나씩 알아 가기 시작했습니다.

그러면서 가끔 새로운 먹이도 줘 보고, 좀 더 물을 자주 갈아 주었습니다.

오늘은 여과기와 사료를 구매했습니다. 구매하면서 마트 담당직원에게 이것저것 물어보았는데 아직도 거북이에 대해 알아보고 경험해 보고 교감해 볼 일들이 많다는 느낌을 받았습니다.

거북이를 키우면서 든 생각은, '내가 참 일을 간단히 보았구나'라는 겁니다. 적어도 거북이를 키운다고 했을 때는 거북이에 대해 알아본 후에 제대로 환경을 갖춰 주고 제대로 대해 줬어야 했는데 참 무책임했다는 생각이 들었습니다.

그 키우기 쉽다는 거북이에 대해서도 이렇게 무심하고 게으릅니다. 고민을 더 해 봅니다.

'이해하고 돕고 챙겨야 할 사람에 대해선 어떤가?'
'정말로 정성을 다해서 사람들을 대해야 할 텐데…'
'또 작은 일 하나를 할 때도 정성을 다해야 하는데…'

그렇다면 우리가 삶 속에서 정성을 다하는 참된 길은 무엇일까요?

(신6:5)너는 마음을 다하고 성품을 다하고 힘을 다하여 네 하나님 여호
　　와를 사랑하라

우리가 인생에 정성을 다하도록 진정한 삶의 변화를 이루려면 하나님을 사랑함으로 하나님께 온 마음과 성품과 힘을 쏟아 드려야 할 것입니다.

이렇게 정성을 다해 헌신하는 자는 예수님을 대하듯이 모든 자를 대하고 하나님께 하듯이 모든 일을 행할 것입니다.

이처럼 하나님의 뜻에 순종하여 우리의 삶이 마음과 성품과 힘을 다하는 신앙 생활이 되기를 소망합니다.

실족케 하는 그 사람에게는

영화에서 흡연 장면을 가장 많이 본 십대 청소년들이
가장 적게 본 십대 청소년들에 비해
흡연량이 2.6배 많다고 합니다(출처: www.lung.org).

영화와 흡연이 아니라 성인이 모델이 되는
인생의 행위를 대신 넣어 보면,
그 수치의 차이는 있을지언정
좋은 본은 아이에게 좋은 행동을, 나쁜 본은 나쁜 행동을 낳을 확률이
매우 높음은 결코 부인할 수 없는 사실일 것입니다.

인간의 주요 특징 중 하나가 모방과 학습이기 때문에
어른이 아이의 훌륭한 롤모델이 되어야 함은 두말할 필요가 없습니다.

그러므로 어른이 하는 사소한 행위 하나라도
아이의 인생에 한 획을 그을 수 있다는
경종을 매 걸음 스스로 울리며 걸어가야겠습니다.

(마18:7)실족케 하는 일들이 있음을 인하여 세상에 화가 있도다 실족케
하는 일이 없을 수는 없으나 실족케 하는 그 사람에게는 화가 있도다

비교의 함정

비교는 나를 자랑하거나
나를 감추려고 할 때
하게 되는 것 같습니다.

나를 낮추는 비교가 있을 리 만무하며,
정직한 비교가 있을 수 없습니다.

비교 대상이 무엇이든 마찬가지입니다.

결국 비교는 교만과 위선에서 비롯된 것입니다.

비교는 뽐내고, 위안 삼아서
강퍅하게 자기를
정당화하고 합리화하는
거짓되고 죄되며 헛된 행위라 할 수 있겠습니다.

이렇게 죄악의 덫으로 기능하는 비교는,
현재를 누리지 못하게 하고,
사람을 있는 그대로 보지 못하게 하며,
더욱이나 이기심과 탐심을 분출하는 창구 역할을 합니다.

우리가 나에 대한 이야기와 남에 대한 이야기를 자주 하고 있다면,
이 비교의 함정에 빠져 있는 것은 아닌지 돌아보아야 할 것입니다.

(살전2:3)우리의 권면은 간사에서나 부정에서 난 것도 아니요 궤계에 있
　　는 것도 아니라
(살전2:4)오직 하나님의 옳게 여기심을 입어 복음 전할 부탁을 받았으니
　　우리가 이와 같이 말함은 사람을 기쁘게 하려 함이 아니요 오직 우리
　　마음을 감찰하시는 하나님을 기쁘시게 하려 함이라

비교함으로 남을 깎아 내리거나 나를 윤내고 높이면
기분이 잠시 잠깐 좋아지는 것 같지만
이내 그 기분이 마음에 악함일 뿐임이 느껴져
자괴감과 죄책감에 휩싸이고 맙니다.

나를 자랑해도, 남을 비난해도
아무런 유익이 있을 리 없고
오히려 복음을 전하여
하나님을 기쁘시게 할 기회를 잃는 것이므로
이는 결국 사탄이 가장 좋아할 만한
그리고 엄청난 파괴력을 지닌 죄의 시작일 것입니다.

그러므로 우리가 나의 이야기와 남의 이야기를 멈추고,
좋은 소식과 사랑의 이야기를 대화의 주제로 삼음으로
우리 마음을 감찰하시는 하나님을
기쁘시게 하는 자 되기를 간구합니다.

그러므로 우리가 나의 이야기와 남의 이야기를 멈추고,
좋은 소식과 사랑의 이야기를 대화의 주제로 삼음으로
우리 마음을 감찰하시는 하나님을
기쁘시게 하는 자 되기를 간구합니다.

손해인가 수혜인가

그리스도인이 되고 나서 내 것만 챙기던 사람에서
양보할 줄 아는 사람으로 조금씩 변화됨을 느낍니다.

물론 여전히 이기주의 습성이 몸에 깊숙이 배어
긴급하거나 중해 보이는 것은 먼저 손을 뻗곤 하여
양보의 마음과 양보의 행위가 계속 발전해야겠다, 회개와 도전을 하게
됩니다.

그렇다면 양보함으로 우리가 기대하는 것은 무엇입니까?

(창13:8)아브람이 롯에게 이르되 우리는 한 골육이라 나나 너나 내 목자
　나 네 목자나 서로 다투게 말자
(창13:9)네 앞에 온 땅이 있지 아니하냐 나를 떠나라 네가 좌하면 나는
　우하고 네가 우하면 나는 좌하리라
(창13:10)이에 롯이 눈을 들어 요단들을 바라본즉 소알까지 온 땅에 물
　이 넉넉하니 여호와께서 소돔과 고모라를 멸하시기 전이었는 고로
　여호와의 동산 같고 애굽 땅과 같았더라
(창13:11)그러므로 롯이 요단 온 들을 택하고 동으로 옮기니 그들이 서
　로 떠난지라
(창13:12)아브람은 가나안 땅에 거하였고 롯은 평지 성읍들에 머무르며

그 장막을 옮겨 소돔까지 이르렀더라

자기의 유익은 생각지 않고 그저
"네가 좌하면 나는 우하는 양보"를 택한 아브라함,
그는 사랑으로 조카를 바라보며 뒤로 물러섰습니다.

'양보하다'는 의미의 영단어 yield는
'항복하다'라는 뜻도 담고 있는데,
말하자면, 아브라함은 하나님의 뜻에 항복해
사람에게 양보했다고 보아도 될 것입니다.

다른 말로 give way(항복하다, 양보하다),
곧 하나님의 길을 상대에게 제시하면서
자신은 뒤로 물러난 것이라 표현할 수도 있겠습니다.

그렇게 사람이 아닌 하나님께서 앞에 서신 그 자리에는
전쟁 대신 평화가 찾아왔습니다.
화목케 하시는 그분의 능력이 나타난 것입니다.
그러나 삶에서 우리는 오히려 전쟁을 불사하고 나부터 앞장서서
지식과 경험과 상식 따위를 동원해 논박을 합니다.

혹은 겉으로는 희생을 하기는 하면서도
뒤를 돌아보거나, 타인에게 비칠 외면적인 자기 이미지를 생각합니다.
극도로 심각하게는,
구원을 특혜쯤으로 여겨 불신자를 내심 낮잡아 보기도 합니다.

사람이란 마음으로 짓는 죄가 너무도 많은데
특히나 우리 사이에는 이기심이 알게 모르게 만연해 있는 것 같습니다.

특히나 욕심을 내자면 한도 끝도 없을,
물질주의가 판을 치는 이 시대에
그리스도인들의 남다른 양보가
기적과도 같은 사랑과 평화를 낳을 것입니다.

그러므로 소유를 다툴 일이 있다면,
또는 꼭 소유에 대한 것이 아니더라도
불쑥불쑥 이기심이 마음속에서 솟구칠 때면
양보함으로 확장될 하나님 나라를 떠올려야겠습니다.

고귀하신 하나님의 뜻에 따라
양보가 결코 손해(損害: 해를 입음)가 아닌
절대적인 수혜(受惠: 은혜를 입음)임을 절실히 깨닫고

지는 자가 이기는 자 되고
우는 자가 웃는 자 되며
항복한 자가 행복한 자 되는,

요컨대 작은 자가 큰 자 되는
하나님의 사랑과 축복의 섭리를 경외함으로 감사함으로써
오직 사랑에 양보함으로 화목의 복을 누리는
우리 모두가 되기를 간절히 소망합니다.

[인생과 운전] 평안의 핸들

주님의 은혜 입은 자에게
주어지는 선물이 무엇입니까?

평안입니다.

모든 일의 주관자 되시는 주님께
온전히 의지함으로 얻게 되는
평안입니다.

평안한 자는
마음 중심이 바로 서 있기 때문에
갈팡질팡하지도 조급해하지도 않습니다.
자유롭고 여유롭습니다.

일전에 택시를 탔는데
갑자기 차 한 대가
앞에 끼어들었습니다.

그 차는 차선을 바꿨다가
다시 택시가 있는 차선으로

불쑥 들어왔습니다.
"저 차 왜 저러죠?" 하고 택시기사님에게 말을 걸면서
"근데 화 안 나세요?" 물었더니
기사님은 "화 내면 뭐하나요? 무슨 급한 일이 있거나 길을 잘 몰라서
그러겠죠." 합니다.

얼굴 하나 붉히지 않고
오히려 만면에 여유가 넘치는
그 기사님에게 배워야겠다는 생각이 들었습니다.

평안은 숨겨지지가 않습니다.
숨겨지기는커녕 평안은
여유와 배려의 모양으로 드러납니다.

평안한 자는
주차장에서 급하게 다니지도 않고
앞에서 주차하는 차가
주차선 안에 거의 들어갈 때까지
잠시 멈춰 기다려 줍니다.

평안한 자는
앞에 사고가 난 것 같거나,
급히 브레이크를 밟아야 하거나,
구급차 사이렌 소리가 멀리서 들리면
비상 깜빡이를 켜며 주의를 환기시킵니다.

누가 도로에서 돌발 운전을 하거나,

괜히 욕설을 퍼붓거나 손가락질을 하거나,

못 끼게 하려고 저 멀리서부터 전속력으로

달려와도 마음의 여유를 잃지 않습니다.

오히려 긍휼과 이해가 나옵니다.

그렇다면, 평안에 대한 반응과 평안이 주는 영향은 어떤가요?

제가 택시기사를 보고 다소 놀랐듯이

처음에는 '저 사람은 왜 저렇게 여유가 있지?' 하며

의아해하거나 궁금해하다가 닮고 싶어지고

정말로 그렇게 평안하게 매사에 임하고 싶다는 생각이 듭니다.

평안은 나 혼자만 누리는 게 아닙니다.

내가 평안하면 내 주변도 평안해집니다.

평안이 낳는 여유와 배려와 긍휼과 이해는

이처럼 나로부터 잔잔히 그러나 힘 있게 퍼져 나갑니다.

그러므로

인생 운전을

평안의 핸들로

하게 되기를

소망합니다.

사랑 주는 복된 하루

세상을 지배하는 사고방식이 있죠.
Give and Take.

그러나 하나님의 법칙은 다릅니다.
Just Give All.

"주는 것이 받는 것보다 복이 있다"(사도행전 20장 35절).

Give and Take는 계산적 제공이고,
Just Give All은 "무조건적 베풂"입니다.

실제로 "값없이 주는 기쁨"을 느껴보면
왜 하나님께서 "주는 것이 받는 것보다 복이 있다"고 말씀하셨는지
자연히 알게 됩니다.

물론 우리가 철저히 값없이 주기란 불가능합니다.
따라서 하나님의 인도하심을 받아야 하겠지요.

한데 직장을 다니건 사업을 하건,
일로 만났건 일과 무관하게 만났건

그 와중에 맺게 되는 많은 관계에서
기브 앤드 테이크 사고방식이
알게 모르게 깔려 있음을 체감하게 됩니다.

돈과 물건이 아닌 그저 말이 오가는 자리라도
'내가 이렇게 말하면 상대방이 나에 대해 좋게 생각하겠지'라는
머릿속 계산으로 대화를 이끌어 나가기도 합니다.

그런데 "그냥 주는 것"은 계산이나 위선이 없는
즉 "나 없는" 베풂이지요.
즉 나의 이미지, 나의 이득 등을 고려하지 않는 것입니다.

그러므로 우리는 우선 기브 앤드 테이크 사고방식이
의식적, 무의식적으로 사회 전면에 깊이
스며들어와 있다는 사실부터 숙고해 봐야겠습니다.

그리고 나서 우리가 1천 원을 기부하든
한 마디의 말로 위로하든
한 걸음 뒤로 물러서서 양보하든,
베풂에 있어서 크고 작음은
논할 필요가 없음을 깨달아야겠습니다.

그리고 내가 지금
"전부를 주는가 아니면 일부만 주는가(내게 다시 돌아올 일부를 생각하고 주
는가)"를 늘 염두에 두고 "Just Give All"의 경험을

하나하나씩 해봐야겠습니다.
그런데 여기서 '복 받으려면 남에게 베풀고 살아야 한다'는
사고방식에 대해서도 짚고 넘어가야 합니다.

이 같은 사고방식은 복에 대한 잘못된
생각에서 비롯된 것인데요.

그렇다면 복은 무엇일까요?
우리가 가족과 이웃에게 무언가를
베풀 수 있다는 그 자체, 그것이 복이지요.

즉 하나님이 우리가 베풀 수 있도록 인도해주시고
능력을 주신 것 그 자체가 복입니다.

결론적으로 '복 받으려면 남에게
베풀고 살아야 한다'는 사고방식은
하나님의 은혜에 대해 감사하지 않고
오히려 교만과 탐욕을 보이는,
즉 하나님께 대가성 행위를 하는
'하나님을 향한 기브 앤드 테이크'라고 볼 수 있습니다.

물론 기브 앤드 테이크 사고방식 자체가
그것이 사람을 향하건 하나님을 향하건
"하나님의 사랑의 법칙"을 거스른다는
점에서는 매한가지입니다.

'후대에 복이 가라고 선행을 한다'는 사고방식은 어떨까요?
이러한 사고방식은 그 자체가 말이 되지 않습니다.

앞에서도 말했지만 우리가 준다고 할 때
그것은 사실 우리가 주는 것이 아니지요.

우리는 하나님의 은혜로써 받게 된 것들을
다시 전해 주는 통로의 역할을 할 뿐입니다.

다시 말해 우리 각자는 하나님이 그분의 은혜를
나누어주시는 하나의 통로인 셈이지요.

그러므로 우리는 '나의 선행으로
내가 의로워진다'고 말하는 것이 아니라,
"죄인 된 우리에게 구원과 축복의 은혜를
베풀어주신 주님으로 인해 내가 의로움을 입었다"고
말할 수밖에 없는 것입니다.

그리고 하나님은 개개인의 믿음을 보십니다.
그래서 믿는 사람의 축복이 믿지 않는 사람의
축복으로 이어질 수는 없는 것입니다.

우리는 줄 때에 어떻게 주어야 거저 줄 수 있을까요?
십자가 희생으로 우리를 구원해 주신 예수님께 드리면 됩니다.

요컨대 "누구를 대하든 예수 그리스도를 대하듯" 하는 것이지요.
그러면 전부를 줄 수 있을 것입니다.

우리가 주님께 값없이 전부를 받았으므로
우리도 모든 사람들에게 주님 대하듯 행하면
우리는 저절로 "주님의 은혜의 통로"가 되겠지요.

누군가 "그리스도인이란 그리스도를
생각나게 하는 사람"이라고 말했는데,
그리스도인에 대한 명확한 정의라고 생각됩니다.

오늘도 우리 모두 기브 앤드 테이크,
크고 작음의 개념을 다 떨쳐 버리고
"온전한 베풂으로 사랑을 주는 하루"를 보냅시다.

범사에 기도하고 주님 섬기며 살면
그 "사랑 주는 복된 하루"가 가능할 것입니다.

[인생과 운전] 시험이 되는 자, 모범이 되는 자

조급증으로 인해 자신과 이웃의 목숨을 건 채로
도로를 극도로 심각하게 어지럽히는
한 운전자를 목격했습니다.

거의 직각으로 차량들 사이를 아슬아슬하게
헤집고 다니더니, 그것도 모자라,
직각 차선 변경이 안 될 것 같으니까,
그 좁은 갓길까지 악용해서 애먼 차를 놀래며
차선을 위험천만하게 바꿉니다.

이렇게 심히 급한 운전자는 보기 드물기는 하지만,
우리는 별 이유도 없이 그저 조바심을 내느라
앞 차량의 뒤꽁무니에 바짝 붙어
더 빨리 가라면서 보채는 운전자들을 종종 만납니다.

디모데후서에 "말세에 고통하는 때"(딤후 3:1)에
나타나는 현상에 대한 말씀이 기록되어 있는데,
그 말씀 가운데 "조급"(딤후 3:4)이 포함되어 있는 것을 보면,
마지막 때가 더 가까워질수록 인간과 사회의 조급증은
더 심각해지리라 예상해볼 수 있겠습니다.

(딤후3:1)네가 이것을 알라 말세에 고통하는 때가 이르리니

(딤후3:2)사람들은 자기를 사랑하며 돈을 사랑하며 자긍하며 교만하며 훼방하며 부모를 거역하며 감사치 아니하며 거룩하지 아니하며

(딤후3:3)무정하며 원통함을 풀지 아니하며 참소하며 절제하지 못하며 사나우며 선한 것을 좋아 아니하며

(딤후3:4)배반하여 팔며 조급하며 자고하며 쾌락을 사랑하기를 하나님 사랑하는 것보다 더하며

(딤후3:5)경건의 모양은 있으나 경건의 능력은 부인하는 자니 이같은 자들에게서 네가 돌아서라

자고(自高)하다
스스로 높은 체하거나 스스로 높이 여기다.

그럼, 우리는 왜 조급한 자들에게서 돌아서야 할까요?
조급증은 전염성이 강하기 때문입니다.

이 차선 저 차선을 휘저으며 다니는 차량이 한 대 나타나면
그 차 때문에 성이 난 다른 차가 과속과 차선 변경을 합니다.
이 조급한 분위기에 또 다른 차가 가세합니다. 그리고 또 다른 차가….
그렇게 도로 위 질서는 금세 혼탁해집니다.
사고가 날 확률도 당연히 높아지겠지요.

이처럼 조급증은 나 한 사람에게만 국한된 일이 아닙니다.

그렇다면 조급함은 어디서 나올까요?

조급한 자는 대부분 안하무인입니다.

위 성경 말씀대로 *"조급하며 자고하며"*(딤후3:4)
살아가는 것입니다.

안하무인(眼下無人)
눈 아래에 사람이 없다는 뜻으로, 방자하고 교만하여 다른 사람을 업신
여김을 이르는 말.

나의 행위가 타인에게 미칠 영향 따위는 관심이 없습니다.
실로 지대한 영향을 미치는데도 말입니다.

그런데 조급한 자의 조급한 행위가
사람들에게 위태로운 까닭은,
그 조급한 행위 자체가 '시험'이 되기 때문입니다.

어쩌면 주변 상황을 난해하고 위험하게
만드는 것보다 더 위험천만한 것이,
바로 자기 자신뿐만 아니라
다른 사람들로 하여금 그 마음에
시험이 되게 하는 것일 것입니다.

조급한 자 옆에서 같이
조급해지는 그 시험 말입니다.
그냥 빨리 빨리 하자는 건데

뭐가 문제냐고 하는 사람이 있을 수도 있지만,
조급함은 이기심이나 욕심과 함께하기 때문에
죄가 됨을 참으로 유의하고 경계해야 할 것입니다.

게다가 조급증은 전염성까지 강력한
무서운 질병이기도 하다는 것을요.

한국은 이 조급증의 폐해를 많이 겪는 나라입니다.
특히 자녀 교육을 보면, 인생과 세상을
직간접으로 배우고 경험해 받아들임으로써
준비하고 도전하도록 하는 교육의 본질은 잊은 채,
조기 교육으로 조급증의 극치를 보입니다.
앞으로 세상을 책임지고 이끌어갈 어린이들에게조차
삶에서 방향이 아닌 속도를 중시하는 것입니다.

이것은 운전으로 치면,
한국의 운전자들이 가장 바로잡아야 할 일로,
'깜빡이(방향 및 비상)를 켜지 않는 것'입니다.

물론, 단지 깜빡이를 켠다고 문제가 해결되지는 않습니다.
깜빡이를 켜자마자 차량 흐름에 관계없이 차선을 바꾼다면,
그 깜빡이는 켜나 마나입니다.

언제 어디로 발걸음을 내딛을지(방향 깜빡이),
언제 어디서 주의를 환기시킬지(비상 깜빡이)에 대해

일상 통찰

나의 행위를 결정할 때,
언제나 이웃과 모든 것을 함께하면서
살아가는 존재임을 명심하고,
주님의 뜻 안에서 주님이 허락하시는
때와 장소에 알맞게 나의 행위를 선택해야 할 것입니다.

이러한 운전자야말로
'모범이 되는 자'라 할 수 있을 것입니다.

그러므로, 우선 나의 행위 가운데
가족과 이웃에게 시험이 되는 행위가 있는지
주님이 깨닫게 해주시기를 간구합니다.

그리고 시험이 되는 자가 아니라,
모범이 되는 자로 살아가도록 삶 속에서
늘 인도해주시기를 간절히 소망합니다.

(딤전4:12)누구든지 네 연소함을 업신여기지 못하게 하고 오직 말과 행
   실과 사랑과 믿음과 정절에 대하여 믿는 자에게 본이 되어

내가 만일 애타는 한 가슴을

내가 만일 애타는 한 가슴을

― 에밀리 디킨슨

내가 만일
애타는 한 가슴을 달랠 수 있다면
내 삶은 정녕 헛되지 않으리
내가 만일
한 생명의 고통을 덜어 주거나
한 괴로움을 달래거나
할딱거리는 로빈새 한 마리를 도와서
보금자리로 돌아가게 해줄 수 있다면
내 삶은 정녕 헛되지 않으리

"자존감(자기존중감)"이라는 말을 많이들 사용합니다.
자존감은 자신의 존재 목적과
존재 가치에 대한 믿음에서 비롯되는데
그것은 "내가 진정 나의 마음과 인생을 통해
사랑과 희생으로 선한 존재로서 살며
선한 영향력을 끼치고 있는가?"라는 물음에

정직하게 답할 수 있을 때 비로소
그 참된 의미를 발휘하게 됩니다.

그런데 우리 인간은 본래 확고부동한
자존감을 가지고 살게끔 창조되었습니다.

전지전능하시고 선하신 "하나님의 자녀"라는 이유만으로
우리는 "나는 환경과 상황에 관계없이
즉 변함없이 소중한 존재"임을 확실히
깨달아 알 수 있습니다.

하나님이 그 위대하신 능력으로 빚어주신 피조물로서,
하나님의 무한한 사랑을 받는 존재로서,
예수님의 사랑과 희생의 사역의 동역자로서
우리는 그야말로 빛나는 보석과도 같은 귀한 존재들입니다.
그리고 사랑할 수 있고 사랑받고 있는
이 삶은 하나님의 귀한 선물입니다.

우리가 이 같은 우리의
"존재 의의와 삶의 의미에 대한 진리"를 마음 깊이 받아들이고
하나님의 인도하심으로 그 마음을 매일 지켜내고 삶에서 실천함으로
"귀중한 사랑의 열매를 맺기"를 기도합니다.

"내가 진정
나의 마음과 인생을 통해
사랑과 희생으로
선한 존재로서 살며
선한 영향력을 끼치고 있는가?"

사랑으로 하나 되어

나는 나 자신만을 위해서 태어난 것이 아니라
공중(公衆)을 위해서 태어났다.

– 몽테뉴

누군가는 성공하고 누군가는 실수할 수 있다. 하지만 이런 차이에 너무
집착하지 말라. 타인과 함께, 타인을 통해서 협력할 때에야 비로소 위대
한 것이 탄생한다.

– 생텍쥐페리

서로 간의 양보가 없다면, 인간은 사회 속에서 공존할 수 없다.

– 사무엘 존슨

아무리 살아보아도 결론은 늘 똑같습니다.
"사람은 사랑하기 위해 산다"는 것이지요.
우리는 자꾸 따로 떨어진 섬처럼 살아가보겠다며
"나 혼자서", "내 가족만", "내가 친한 사람들만",
"나와 맞는 사람들만" 등등 이기적인 선을 그으며
아등바등 살아보지만 지내고 보면 결국
"우리는 하나"임을 절감하게 됩니다.

그렇다면 왜 우리는 하나일 수밖에 없을까요?
태초에 하나님이 그렇게 창조하셨기 때문입니다.
하나님께서는 우리를 하나님으로부터
떠나서는 결코 살 수 없도록,
다시 말해 하나님과 반드시 함께해야
그 생명을 유지할 수 있도록 창조하셨습니다.

하나님은 우리에게 하나님의 영을 불어넣어주심으로
우리를 영적인 존재로 만들어 주셨는데
그 동일한 하나님의 영을 소유한 우리는
결국 동일한 하나입니다.

우리는 은사와 재능과 성격과 외모가 다를 수는 있어도
하나님의 소유이자 하나님의 자녀라는
존재론적 측면에서 하나인 것입니다.

아담과 하와가 하나님을 불순종한 그 원죄를 범한 직후에
하나님은 우리를 죄와 사망으로부터
구원하시겠다고 약속해주셨고
그 언약대로 죄인인 우리를 구원하여
영원히 하나 되게 해주시려고
예수 그리스도를 보내주셨으며
그 그리스도의 사랑과 희생에 힘입어
우리는 다시 생명을 얻고
하나 되는 은혜를 입게 되었습니다.

"내가 그리스도와 함께 십자가에 못 박혔나니 그런즉 이제는 내가 사는 것이 아니요 오직 내 안에 그리스도께서 사시는 것이라 이제 내가 육체 가운데 사는 것은 나를 사랑하사 나를 위하여 자기 자신을 버리신 하나 님의 아들을 믿는 믿음 안에서 사는 것이라."*(갈라디아서 2장 20절).*

사랑에는 희생이 수반됩니다.
그 희생은 나중에 내가 무엇을
보상받으려고 하는 것도 아니고,
속으로는 하기 싫은데 마지못해
억지로 하는 것도 아닙니다.

"사랑하기에 당연히 하게 되는 것"이 바로 희생입니다.
그래서 "사랑=희생"이라고 할 수 있지요.

이 사랑과 희생은 사람과 상황을 가리지 않습니다.
그리고 희생한다고 손해 보지 않습니다.

사랑에는 손해라는 개념 자체가
성립되지 않기 때문입니다.

사랑과 희생은 손해는커녕
더 많은 사랑과 희생을 낳음으로
하나님 나라를 계속해서 확장해 갑니다.

이 지속적인 사랑과 희생을 통해

일상 통찰

나와 나의 이웃이 삶의 기쁨을 온전히 누리게 됩니다.

이것이 바로 예수님이 우리에게 베풀어주신 사랑이고
우리를 위해 치르신 희생입니다.

요컨대 이 사랑과 희생이야말로
하나님이 우리에게 원하시는 삶의 모습이지요.

매일 매 순간 우리의 주님이신 예수님을 닮아
사랑으로 하나 됨으로 "함께 사는 아름다운 삶"을
기쁨과 감사로 영위하기를 소망합니다.

[인생의 넛지] 기대한 그대로

'넛지' 하면 가장 먼저 떠오르는 장면이 있습니다.
출근길에 한 전봇대에 변함없이 걸려 있는 현수막.

"00동 주민들 덕분에 이곳이 깨끗해졌습니다."

놀랍게도 다른 전봇대 주변에서
흔히 보이는 쓰레기 하나 없습니다.
어제도 없었고, 오늘도 없습니다.
내일도 없으리라 기대해봄직합니다.

여기서 넛지의 기본을 봅니다.

바로 "사람을 보는 관점에 따라
행동이 달라진다"는 것.

현수막은 이미 주민들을 다음과 같이 봅니다.
"아무 데나 쓰레기를 버리지 않는 사람들."

그 반대로,
"이곳에 쓰레기를 함부로 버리지 마시오."

라는 경고문 밑에는 쓰레기가 던져집니다.
사람들을 "함부로 쓰레기를 버릴 수도 있는 사람"으로
봤기 때문 아닐까요.

사람을 귀한 존재로,
귀히 쓰임받을 존재로
진작부터 여겨준다면
난 사람, 된 사람답게
행동하겠지요.

그러므로 우리는
나를, 그를
난 사람, 된 사람으로
애초부터 여겨야겠습니다.

특히 아이들을 대할 때
그래야겠습니다.

변화는 그렇게 스스로 그리고 서로가
난 사람, 된 사람임을 인정해주는
넛지의 기본적 인간관에서부터
비롯될 테니까요.

기대한 그대로
사람은 됩니다.

자연 & 부자연

꾸밈과 변덕이 없는 자연을 보면 본디 자연스러운 인간이
인위로 부자연스럽게 된 것이 아닌가 생각해보게 됩니다.
자연은 제 속성을 고스란히 드러내도록 존재하는 반면에
인간은 새롭거나 좀 다른 속성을 내야 하는 존재처럼 삽니다.

사랑도 그냥 자연스러운 사랑이 아니라
사랑해야 하는데, 하면 부자연스러워져서
있는 그대로의 사랑이 나오지를 않습니다.

친절함도 상냥함도,
존중과 배려도 마찬가지이겠지요.

결국 인간의 삶이란 계속해서
자연으로 돌아오게끔 되어 있는 것이라 생각됩니다.

자연스러울 때 가장 인간적이고
자연 속에 있을 때 가장 편안한 우리는
그렇게 자연의 일부이고 자연이 고향임을,
부자연스러움이 몸에 밴 어른들 사이와
일과 돈에 치인 도심지 건물숲 안에서는 꽤나 잊고 삽니다.

[어린아이 됩시다] 아이의 언어

아이와 대화하다 보면
깜짝깜짝 놀랍니다.

때 묻지 않은 순수함에요.
자연스레 나오는 애정에요.

"아빠 좋아, 엄마 좋아, 언니 좋아, 혜리 좋아, 우리 가족. 가족 좋아!"
(꼭 저 순서는 아닙니다. *^^*)

둘째에게 이 말을 종종 듣는데
사랑이 넘치는 애교와 몸짓과 표정에
절로 뿌듯하고 행복해집니다.

생각해봅니다.
내가 이 아이처럼
사랑을 말한다면
참 좋겠구나.

아이가 된다는 것은
아이의 언어를
말하는 것이 아닐까요.
말은 마음에서 나오니까요.

그러므로 아이의 마음을,
아이의 말을 귀담아 들음으로
아이를 닮아 가기를 소망합니다.

아이와 함께 느끼고 말하고 즐기며
아이의 언어로 말하게 되기를!

좋은 점만

남의 좋은 점만 보는 것도 노력과 훈련에 의해서 얼마든지 가능한 일이라고 단언할 수 있으니 누구나 한번 시험해보기 바란다. 남의 좋은 점만 보기 시작하면 자기에게도 이로울 것이 그 좋은 점이 확대되어 그 사람이 정말 그렇게 좋은 사람으로 변해간다는 사실이다. 믿을 수 없다면 꼭 한번 시험해보기 바란다.

발견처럼 보람 있고 즐거운 일도 없다. 누구나 다 알아주는 장미의 아름다움을 보고 즐거워하는 것도 좋지만 아무도 거들떠보지 않는 들꽃을 자세히 관찰하고 그 소박하고도 섬세한 아름다움에 감동하는 것은 더 큰 행복감이 될 것이다.

─ 박완서, 〈노란집〉 중에서

비판은 쉽지만
칭찬은 어렵습니다.

습관이란 참 무서워서,
비판하는 버릇만큼
쉽게 배는 것도 없습니다.

칭찬하기가 왜 어려울까요?

칭찬하려면 대충 볼 수가 있나요?
가만히, 친근히 들여다보아야 합니다.

관심과 애정이 들어가지 않을 수가 없는 것입니다.
그러면 누구에게서나 감동받을 좋은 점이
보이지 않을 수가 없습니다.

그렇습니다.
세상은 평가를 하라지만
우리는 감동을 해야 합니다.

장점은 발견될수록 확장된다는 사실!
오늘 만나는 사람마다 좋은 점만 바라보기!

일상 통찰

미안합니다. 당신을 맞지 않아서

방문객

       - 정현종

사람이 온다는 건
실은 어마어마한 일이다.
그는
그의 과거와
현재와
그의 미래와 함께 오기 때문이다.
한 사람의 일생이 오기 때문이다.
부서지기 쉬운
그래서 부서지기도 했을
마음이 오는 것이다.
그 갈피를
아마 바람은 더듬어 볼 수 있을 마음.
내 마음이 그런 바람을 흉내 낸다면
필경 환대가 될 것이다

그가 내 마음에 방문해도

나는 그를 만나지 못했습니다.
미안합니다.

당신이 그토록 섬세한 마음으로,
그토록 장대한 인생으로
그렇게 어마어마하게
내게 다가왔다는 것을
나는 가늠조차 하지 못했습니다.
자꾸만 내 안으로만
파고들어간 때문인 듯해요.

그렇게 나는 당신을,
당신의 방문을
사소하게 치부했습니다.

당신이 나에게 바람이라면,
이제는 온전히 당신이라는
바람을 맞기를 바랍니다.

그러니 이제는
내 마음 문을 열고 들어오세요.

그렇게 어마어마한
당신이라는 인생의
벅찬 방문을 환영합니다.

관계를 입체적으로 바라보기

거울에 비쳐 사물이 입체적이면서
다양하게 보이게 해 주는 만화경이 있습니다.

삶이란 어쩌면 이 만화경에 넣고
다각도로 비추어 봐야 그 오묘함과 다채로움을
볼 수 있는 것이 아닌가 생각해 보게 됩니다.

그렇다면 우리가 자신의 내면을
관찰할 수 있는 방법으로는 무엇이 있을까요?

그 방법의 하나를 들자면,
내가 가정과 직장과 사회에서
맺고 있는 관계를 살펴봄으로써
자기 내면 상태를 잘 알 수 있을 것입니다.

내가 그와 그 일에 반응하는 태도,
내가 그와 그곳에 원하는 것,
내가 듣고 말하는 방식을 돌아보면서
내면을 읽을 수 있는 것이지요.

내적 불안을 자존심을 내세우면서 받아 치는 모습,
무시당하거나 상처받기 싫어서 도리어 허세를 부리거나
유세를 떨거나 생색을 내는 모습,
상처를 숨기고 싶어서 자꾸만
내 안으로만 파고드는 모습 등등.

내면이 관계를 통해 표출된 이러한 모습들을 돌아봄으로써
나의 연약함과 나아갈 방향을 모색해볼 수 있을 것입니다.

우리는 살면서 다양한 관계를 맺고 있지만
그 관계들을 통해 이처럼 나의 내면을
읽고 있지는 못하는 때가 많은 것 같습니다

잠시 멈추어 그 관계들을 만화경에 넣고
입체적으로 살펴보면서 자신의 내면을
살펴볼 필요가 있지 않을까요?

그럼으로써 내가 나를 위해 할 일,
내가 그를 위해 할 일이 발견된다면
그만한 보람도 없겠지요.

우리가 이처럼 관계를 통해
자기 내면을 읽을 수 있어야
닥친 일과 닥칠 일에 대해
바람직한 사고를 할 수 있을 것입니다.

일상 통찰

그러나 여기서 핵심은
내가 가정과 직장과 사회에서 맺는 관계는
나와 하나님과의 관계에 좌우된다는 것입니다.

그러므로 우리는 우선 하나님과
진정으로 교제하는 삶을 살아야 할 것입니다.

결국 내 마음을 주장하셔야 하는 분은
하나님 한 분뿐이기 때문입니다.

사랑은 인내다

(고전13:4)사랑은 오래 참고 사랑은 온유하며 투기하는 자가 되지 아니하며 사랑은 자랑하지 아니하며 교만하지 아니하며
(고전13:5)무례히 행치 아니하며 자기의 유익을 구치 아니하며 성내지 아니하며 악한 것을 생각지 아니하며
(고전13:6)불의를 기뻐하지 아니하며 진리와 함께 기뻐하고
(고전13:7)모든 것을 참으며 모든 것을 믿으며 모든 것을 바라며 모든 것을 견디느니라

사랑을 정의하는 고린도전서의 말씀을 보면
인내와 관련된 내용이 가장 많이 등장합니다.

"사랑은 오래 참고"
"모든 것을 참으며"
"모든 것을 견디느니라."

유혹을 참고 용서로 참고
끝까지 견뎌 사랑하는 것

그래서
사랑은 인내입니다.

영혼의 사랑

당신을 어떻게 사랑하느냐구요? 당신을 어떻게 사랑하느냐구요?
헤아려 볼까요.
안 보이는 존재의 끝과 영원한 은총에
내 영혼이 닿을 수 있는
그 깊이와 넓이와 높이까지 당신을 사랑합니다.
하루하루의 가장 평온한 필요에 이르기까지,
태양의 밑에서나 촛불 아래서나 당신을 사랑합니다.
권리를 주장하듯 자유롭게 당신을 사랑하고
칭찬에 수줍어하듯 순수하게 당신을 사랑합니다.
당신을 사랑합니다, 옛 슬픔에 쏟았던 정열과
내 어린 시절의 신앙심처럼.
세상 떠난 모든 성인들과 더불어 내가 잃은 줄로만 알았던 사랑으로
나는 당신을 사랑합니다. - 나의 평생의 숨결과
미소와 눈물로 당신을 사랑해요! - 그리고 주님이 허락하신다면,
죽어서도 당신을 더욱 사랑할 거예요.
- 엘리자베스 배럿 브라우닝(Elizabeth Barrett Browning),
당신을 어떻게 사랑하느냐구요?(How Do I Love Thee?)

아, 이렇게 사랑하고 싶습니다!

지고지순한 사랑을 갈망하게 하는
참으로 아름다운 러브레터입니다.

어쩌면 저렇게 극도로 순수하게,
극도로 열정적으로 사랑을 고백할 수 있는지….

"당신을 어떻게 사랑하느냐구요?"

"내 영혼이 닿을 수 있는 그 깊이와
넓이와 높이까지 당신을 사랑합니다!"

"나의 평생의 숨결과 미소와 눈물로 당신을 사랑합니다!"

이것이 '영혼의 사랑'이겠지요.
순결하고도 성숙한 사랑.

이렇게 마음속 깊은 곳에서 나오는
사랑을 하며 살기를 소망합니다.

사랑으로 끌어안기

사랑은 앞뒤 재지 않아요.
사랑은 의도를 읽지도 않아요.

이렇게 사랑은 손해를 보지 (따지지) 않아서
아무런 손해를 보지 않죠.
서운할 것도 아쉬울 것도 없답니다.

고슴도치도 끌어안는 사랑이라
따뜻하게 채우기만 하지요.

미움도 원망도 불평도
사랑으로 끌어안으면
사랑이 됩니다.

오해도 없는
그저 이해하는
그 사랑을
소망합니다.

오늘 난

사랑으로 끌어안는
삶을 살고 있는지
스스로에게 물어봅니다.

모난 내 맘부터
사랑으로 끌어안아서
둥근 마음 되어야겠습니다.

사랑이면

오해하고
무시하고
공격하고
비난하고
분노하고
상처 주고
부담 주고
따돌리고
탓해도

사랑으로
받는다면
상처받지
않습니다.

사랑을
받습니다.

사랑으로
보면

오해도
미움도
반격도
분노도
억울함도
상처도
없습니다.

긍휼이
있습니다.

이 상처도
분도 없는,
긍휼이 있는
사랑으로
말을 하면
치유의 역사가
임합니다.

이것이 바로
주님께 순종하는
"사랑의 마음"입니다.

사랑이면
다 풀립니다.

사랑이면
다 웃습니다.

사랑이면
다 됩니다.

왜냐하면 사랑은
늘 승리하기 때문입니다.

그래서 사랑은
주님의 기적입니다.

"주님의 사랑"으로
나와 그를 대함으로
우리 모두가
그 기적의 축복을
누리기를
소망합니다.

가정과 자녀

부모가 소리 지르면
자녀는 고함 칩니다.

부모가 못 기다리면
자녀는 보챕니다.

부모가 싸우면
자녀는 다툽니다.

부모가 욕심 부리면
자녀는 탐냅니다.

부모가 게으르면
자녀는 늘어집니다.

부모가 말이 앞서면
자녀는 말부터 합니다.

자녀는 부모가 한
그대로 합니다.

네가 있어서 행복해

~~~~~~

"네가 있어서 행복해."

자기 전에 이제 네 살인
둘째딸을 쓰다듬거나 안아 주면서
자주 해 주는 말이에요.

이 말의 위력을
둘째딸의 말과 표정에서
실감하게 됩니다.

"누구누구 사랑해", "누구누구 너무 좋아"라며
수시로 하는 애정의 말과
사랑받음으로 나오는 안정적이고 자신감 있는
표정에서 말이에요.

책이나 강연에서 많이들 이야기하죠.
사람은 겉모습이나 행위가 아니라
그 존재 자체만으로 존중받고
사랑받고 인정받아야 한다고요.

그러면 자기라는 존재에 대해
긍정적이고 자신감 있는 자아상을
형성하게 되겠지요.
이것이 '자존감의 형성' 과정이겠지요.

'자아상', '자존감'이라고 말하면
왠지 학술적인 것 같고
뭔가 대단한 것을 가져야 하는 것처럼 느껴지기도 하지만
실은 그것들은 '너무나도 인간적인' 말들일 뿐이죠.

하나님이 창조하신 인간, 그 '인간들의 인간적 삶'이란
결국 하나님의 피조물임을 영광스럽게 생각하고 감사해하며
서로가 서로를 인정해 주고 격려해 주고 위로해 주고 배려해 주면서
즉, 존재 자체로서 있는 그대로 서로 사랑하면서 살아가는 삶일 테죠.

'내가 이 세상에 존재하는 것이 참으로 대단한 일이구나.'
'나는 행복을 줄 수 있고 사랑을 줄 수 있는 사람이야.'

저는 제 딸들이 그 마음을
늘 깊이 간직하고 살아가도록
'존재의 의미'를 있는 그대로 말해 주는
진정한 사랑의 한 마디를
매일매일 해 주고 싶습니다.

"네가 있어서 행복해."

(요일4:16)하나님이 우리를 사랑하시는 사랑을 우리가 알고 믿었노니 하나님은 사랑이시라 사랑 안에 거하는 자는 하나님 안에 거하고 하나님도 그 안에 거하시느니라

(요일4:17)이로써 사랑이 우리에게 온전히 이룬 것은 우리로 심판 날에 담대함을 가지게 하려 함이니 주의 어떠하심과 같이 우리도 세상에서 그러하니라

(요일4:18)사랑 안에 두려움이 없고 온전한 사랑이 두려움을 내어쫓나니 두려움에는 형벌이 있음이라 두려워하는 자는 사랑 안에서 온전히 이루지 못하였느니라

(요일4:19)우리가 사랑함은 그가 먼저 우리를 사랑하셨음이라

지금, 어른과 어린이는

1923년 제1회 어린이날 선전문 가운데
"어른에게 드리는 글"과
"어린 동무에게" 중 일부를 소개합니다.

어른에게 드리는 글

하나. 어린이를 내려다보지 마시고 치어다 보아 주시오.

하나. 어린이를 가까이 하시어 자주 이야기하여 주시오.

하나. 어린이에게 경어를 쓰시되 늘 보드랍게 하여 주시오.

하나. 이발이나 목욕, 의복 같은 것을 때 맞춰 하도록 하여 주시오.

하나. 잠자는 것과 운동하는 것을 충분히 하여 주시오.

하나. 산보와 원족(遠足: 소풍) 같은 것을 가끔 시켜 주시오.

하나. 어린이를 책망하실 때에는 쉽게 성만 내지 마시고 자세히 타일러 주시오.

하나. 어린이들이 서로 모여 즐겁게 놀 만한 놀이터와 기관 같은 것을 지어 주시오.

어린 동무에게

하나. 돋는 해와 지는 해를 반드시 보기로 합시다.

하나. 어른에게는 물론이고 당신들끼리도 서로 존대하기로 합시다.

하나. 뒷간이나 담벽에 글씨를 쓰거나 그림 같은 것을 그리지 말기로 합시다.

하나. 길가에서 떼를 지어 놀거나 유리 같은 것을 버리지 말기로 합시다.

하나. 꽃이나 풀을 꺾지 말고 동물을 사랑하기로 합시다.

하나. 전차나 기차에서는 어른에게 자리를 사양하기로 합시다.

하나. 입은 꼭 다물고 몸은 바르게 가지기로 합시다.

무려 1세기 전쯤 공표된 어른과 어린이를 향한 권면인데,

마치 지금 이 시대의 어른과 어린이를 향해

던지는 메시지 같지 않습니까?

어른이 어린이를 위해 해 주어야 할 기본적인 일들보다

아이 책장에 필독(?)도서를 꽂아 놓고

학원에 늦지 않게 보내는 일에

더 혼을 빼앗기고 있지는 않은지….

그러다 보니

요즘 어린이들은 기본적으로

갖춰야 할 소양이 부족해 보입니다.

감사와 양보와 존중과 배려 면에서

특히 그래 보입니다.

안타깝게도 그들은 자연 대신

놀이시설에서 놀며 느낍니다.

기초 체력도 과거보다 더 떨어지고 있다고 합니다.
손가락으로 해내는 게임이 인생에서 큰 자리를 차지합니다.
그런 데다 각종 탈것까지 속속 등장해 갈수록 운동을 안 합니다.

그러므로 1923년의 어른과 어린이를 향한 권면을
이 시대를 위해 다시 던져야겠습니다.
다음의 고민과 함께요.

지금, 어른과 어린이는 무엇을 위해 살고 있나요?
지금, 어른과 어린이는 무엇을 하며 살고 있나요?
지금, 어른은 어린이를 위해 무엇을 하고 있나요?

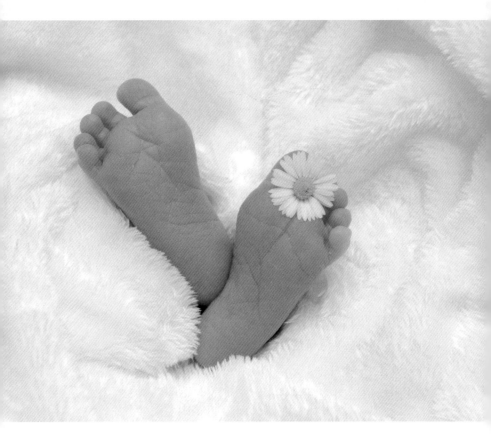

가정의 목표는 각각의 가족 구성원이

저마다 자존감을 가지고

각자의 재능을 발휘하며

가족 간에, 이웃 간에 사랑을 나누는

존재로 성장하도록 서로 돕는 것이지요.

실험과 실패 사이

어둔 밤을 밝힘으로 인류 문명사에 지대한 공헌을 한
위대한 산물인 전구를 탄생시켜 내기까지
에디슨은 이렇다 할 결실을 거두지 못한 채
1만 4,000여 차례나 실험을 반복 또 반복했습니다.
그 지난함에 풀이 꺾일 대로 꺾인 조수가
에디슨에게 말했습니다.

"1만 번 넘게 실험했지만
시간만 낭비하고 말았네요.
아직 백열전구에 사용할
필라멘트 재료조차 찾지 못했어요."

그러자 에디슨이 답합니다.
"아니, 우리는 아주 큰 수확을 거두었네.
필라멘트로 사용할 수 없는 재료를
벌써 1만 개나 넘게 알아내지 않았는가."

대단한 관점의 차이 아닙니까?
우리는 어떤가요?

실험을 실패로 오해함으로,
그래서 실패할까봐 걱정하면서
모험을 고난으로 치부하며
그저 회피하려는 것은 아닌지….

그러나 실험은 목표 달성을 위해
반드시 거쳐야 할 과정일 뿐입니다.

진정 긍정적으로 사고하는 사람은
그래서 실험 자체를
이미 성공이라 여길 것입니다.

목표를 좇는 과정 하나하나가
이미 성공적인 삶이라 할 수 있기 때문이지요.

에디슨이 실험을 실패라 착각하지 않았던 이유는,
이처럼 삶의 목표가 확실했기 때문일 것입니다.

저는 우리 가정이 이러한 에디슨의 실험실처럼
되어야겠다는 생각을 해 보게 되었습니다.

가정의 목표는 각각의 가족 구성원이
저마다 자존감을 가지고
각자의 재능을 발휘하며
가족 간에, 이웃 간에 사랑을 나누는

존재로 성장하도록 서로 돕는 것이지요.
그러므로 당연히, 가족 개개인의 이 같은 성장을 위해 거치는
모든 과정은 사랑이 바탕이 되어야 할 것입니다.

즉 가정이 '사랑의 실험실'이 되는 것이지요.

에디슨의 실험실이 빛을 발하는 전구를 발명한 곳이라면
가정은 빛을 발하는 사람들이 자라나는 곳이 되어야겠습니다.

이와 같이
'가정=실험실'이라는
개념을 늘 마음속에 품고 있다면
가정 내의 크고 작은 고민은
오히려 감사하게 느껴질 것입니다.

실험할 게 있어야
도전도 하고 성취도 하니까요.

그러므로
사람을 키워내는
실로 중차대한 역할을 하고 있는 모든 가정에서
긍정적이며 역동적인 실험정신이 발휘된다면
반드시 세상에는 놀라운 변화가 일어나리라는
설렘과 기대를 한껏 가져 봅니다.

단 하나의 가르침

아이들은 3가지 방법을 통해 배운다

1. 본보기를 통해
2. 본보기를 통해
3. 본보기를 통해

-앨버트 슈바이처

부모가 언제나 잊지 말아야 할
'단 하나의 가르침'이 아닐까요?

좋은 도서를 찾아다니기 이전에
좋은 선생을 찾아다니기 이전에
좋은 학교를 찾아다니기 이전에

오직 단 하나의 교육법.

부모 자신이 훌륭한 본보기가 되는
'본보기를 통한 가르침'일 것입니다.

만약 이 한 가지 외에
다른 교육법을 찾는 데 골몰한다면
저 유일한 가르침을 등한시한
게으르고 무책임한 부모일 것입니다.

부모의 일거수일투족.

그 모두가 자녀에게
본보기가 될 것입니다.

일거수일투족(一擧手一投足)
손 한 번 들고 발 한 번 옮긴다는 뜻으로, 크고 작은 동작 하나하나를
이르는 말.

*(사38:19)오직 산 자 곧 산 자는 오늘날 내가 하는 것과 같이 주께 감사
하며 주의 신실을 아비가 그 자녀에게 알게 하리이다*

지극히 작은 것에

가정은
사회에서
최소 단위이지만
가족 간의 관계를 통해
최강, 최장의 영향력을
세상에 발휘하는 곳입니다.

그러므로 가정이
'작은 하나님 나라'가 된다면
하나님 나라 확장에
크고도 귀하게 기여할 것입니다.

즉, 가정에서 선하게 이루어지는
소소한 대화가 세상을 살리는
위대한 교육이 됩니다.

그래서 가정에서는
'지극히 작은 승리'가
매일 매일 쌓여야 합니다.

가족 간에,
특히 부부 사이에
작은 다정함도 쌓이면
화목으로 견고해지므로
힘든 상황과 환경에 처해도
가정이 결코 무너지지 않습니다.

부모부터 자녀까지
기도로 간구하며 이루어가는
작은 신앙의 도전도 쌓이면
절대적 순종으로 견고해지므로
위대한 신앙인, 위대한 전도자가
가정에서 세워질 것입니다.

이것이야말로
이 땅에서 진정으로
'성공한 가정'일 것입니다.

그러므로 작은 것이라고
결코 무시해서는 안 될 것입니다.

작은 성공의 경험도, 쌓이면
상황 대처 능력은 높아지고
스트레스 지수는 낮아집니다.

이것이야말로
인생을 위한
가장 기초적인
성공의 지혜일 것입니다.

즉,
가장 쉽게 도전하고
가장 많이 성취하는
최고의 길일 것입니다.

**믿음의 진보도, 역경의 극복도,
관계의 개선도, 은사의 발전도
이 '인생 성공의 길'을
걸어야 이루어집니다.**

그러므로
내게 주신 이 가정이
작은 하나님 나라라는
막중한 책임감으로
지극히 작은 것부터
가족 간에 도전함으로
함께 승리하고 성화되는
축복의 가정이 되기를
간절히 소망합니다.

(눅16:10)지극히 작은 것에 충성된 자는 큰 것에도 충성되고 지극히 작
은 것에 불의한 자는 큰 것에도 불의하니라

(마25:45)이에 임금이 대답하여 가라사대 내가 진실로 너희에게 이르노
니 이 지극히 작은 자 하나에게 하지 아니한 것이 곧 내게 하지 아니
한 것이니라 하시리니

이제 둘이 아니요 한 몸이니

부부관계는 부족한 게 너무나 많아서
세상일 중에 가장 노력을
기울여야 하는 게 아닌가 싶습니다.

며칠 전에 현관문에
집 근처에 있는 교회에서
전도차 부부십계명을 붙여놓아서 참 감사했습니다.

아래에 소개합니다.

1. 서로 돕는 배필이 되자
2. 창조적인 언어를 사용하자
3. 항상 동침하자
4. 서로의 부모를 섬기자
5. 서로에게 진실하자
6. 서로의 허물을 덮자
7. 서로 따뜻하게 안아주자
8. 서로에게 희망을 갖자
9. 가치관을 공유하자
10. 하나님을 재판관으로 모시자

각 항목 하나하나가 참으로 와 닿습니다.

저 부부십계명대로만 산다면
그 가정이야말로 '작은 하나님 나라'가 되어
이 땅에 하나님 나라를 확장해나갈 것입니다. .

저 부부십계명 중에서
저는 특별히 10번과 2번에
도전을 받았습니다.

여러분은 어떤가요?

각 가정의 역사와 상황에 따라
도전받는 항목이 다를 수 있을 것입니다.

10번대로 하나님을 가정의 재판관으로 모신 가운데
부부간에 모든 말을 하고, 모든 일을 행하고, 모든 가정사를 택한다면
이는 그 가정을 위한 하나님의 계획에 온전히 순종하는 것이겠지요.

즉 우리가 가정에서 하나님을 재판관으로 모신다면
생각도, 말도, 행동도 우리를 향한 하나님의 뜻인
성경을 중심으로 행하게 될 것입니다.

이렇게 우리가 가정에서 하나님을 경외한다면
부부싸움은커녕 부부지간에 화목이 넘쳐흘러

자녀들에게도 자연스럽게 모범이 될 것입니다.

2번 '창조적인 언어를 사용하자'에 대해서
드는 생각은 무엇인가요?

저는 2번 항목을 보고
부부가 서로에게 전혀 창조적이지 않은,
즉 비난하거나 탓하는 말, 잔소리,
예의상 혹은 별 생각 없이 하는 말 등
유익이 되지 않는,
아니 오히려 서로에게 유해한
반복적인 언사를 주고받는 것에
대해 생각해보게 되었습니다.

그처럼 수준 낮게 되풀이되는
말과 분위기에 대해서 말입니다.

무슨 애를 쓰지 않아도
늘 서로를 보게 되는 부부가
이렇게 잘못된 언어습관으로 항상 서로를 대한다면
그 부부관계 자체가 결코 창조적일 수 없겠구나 생각해봅니다.

그렇다면 부부간에 쓰는 창조적인 언어란 무엇을 의미할까요?

가정에서 성경 말씀을 읽고 함께 순종함으로

매일 매일 새롭게 도전하는 가운데
하나님의 뜻과 계획을 중심으로 나누게 되는 대화에서 쓰이는 말들이
바로 '부부간에 쓰는 창조적인 언어'이겠지요.

물론 그 창조적인 언어를 구사하는 때와 방법은
부부마다 성격과 기질에 따라 다를 수 있을 것입니다.

요컨대 창조적인 언어를 구사하는 것은
부부관계를 새롭게 그리고 이전보다 나아지게 하기 위해서
참으로 공을 들여 연구하고 노력할 만한
가치가 있는 일이라는 생각이 들었습니다.

모든 가정이 작은 하나님의 나라 되어
가정 안에서 이루어지는 기쁨과 평안이
하나님 나라의 확장에 쓰이기를 소망합니다.

다음은 부부를 위한 하나님 말씀입니다.

(마19:4)예수께서 대답하여 가라사대 사람을 지으신 이가 본래 저희를 남자와 여자로 만드시고

(마19:5)말씀하시기를 이러므로 사람이 그 부모를 떠나서 아내에게 합하여 그 둘이 한 몸이 될지니라 하신 것을 읽지 못하였느냐

(마19:6)이러한즉 이제 둘이 아니요 한 몸이니 그러므로 하나님이 짝지어 주신 것을 사람이 나누지 못할지니라 하시니

(고전7:3)남편은 그 아내에게 대한 의무를 다하고 아내도 그 남편에게 그렇게 할지라

(히13:4) 모든 사람은 혼인을 귀히 여기고 침소를 더럽히지 않게 하라 음행하는 자들과 간음하는 자들을 하나님이 심판하시리라

(벧전3:7)남편 된 자들아 이와 같이 지식을 따라 너희 아내와 동거하고 저는 더 연약한 그릇이요 또 생명의 은혜를 유업으로 함께 받을 자로 알아 귀히 여기라 이는 너희 기도가 막히지 아니하게 하려 함이라

(엡5:33)그러나 너희도 각각 자기의 아내 사랑하기를 자기같이 하고 아내도 그 남편을 경외하라

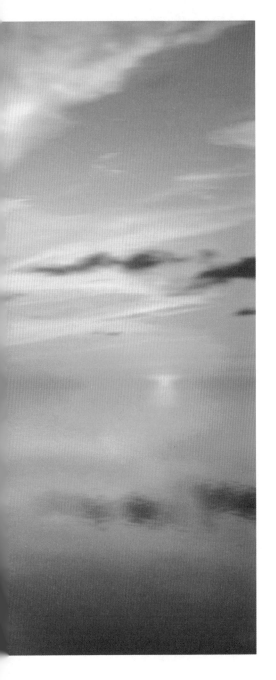

(마19:4)

예수께서 대답하여 가라사대 사람을
지으신 이가 본래 저희를 남자와
여자로 만드시고

(마19:5)

말씀하시기를 이러므로 사람이
그 부모를 떠나서 아내에게 합하여
그 둘이 한 몸이 될지니라 하신 것을
읽지 못하였느냐

주님 안의 부부

부부 사이에서, 부부들 사이에서
많이 다뤄지는 소재가 있습니다.

'습관'입니다.
그다음은 '취미'일 겁니다.

결혼 3년차건, 30년차건
별반 다르지 않은 것 같습니다.

내용도 비슷합니다.

"배우자에게 나쁜 습관이 있다.
근데 잘 고쳐지지 않는다.
그래서 힘들다."

"취미가 너무 다르다.
아직도 내가 뭘 좋아하는지 잘 모른다.
그래서 같이 할 게 거의 없다."

지구상에서

이 습관과 취미 때문에
벌어진 부부싸움이 좀 많을까요?

지금도 각 가정에서는
이 습관과 취미와의 전쟁을
때로는 사소하게
때로는 거대하게
벌이고 있을 것입니다.

자식이 생기면
부부 사이를 넘어
자식을 놓고도
아버지 입장에서,
어머니 입장에서
이 싸움이 벌어집니다.

물론 가정에 피해를 주는
습관과 취미가 있다면,
좋은 습관과 취미를 갖도록
서로 도울 필요가 있을 것입니다.

특히 게으름이나 더러움과
연관됐다면 더욱더 그래야겠지요.

그러나 그리스도인이라면,

이 습관과 취미에 대해서도
구별된 인식과 행함이 있어야겠습니다.

자라온 환경과 해온 경험이 판이하기 때문에
우선 넓은 이해와 따뜻한 권면이 필수이겠지요.

물론 본질적인 것은,
부부 사이에서, 부부들 사이에서
신앙생활 측면에서의 좋은 습관과 취미에 대해
이야기하고, 개발하고, 함께하는 것이겠지요.

부부의 이야기가 단지
외적인 습관과 취미에 그친다면
참으로 서로가 주님 안에서
하나 되어 선을 이루기가 힘들 것입니다.
아니, 오히려 불화가 생기고 커지고 말 것입니다.

그러므로

부부라면,
각자의 안에 계신
성령님을 바라보며
주님께 기도로 구하면서
내면적 관계를 함으로써
서로를 이해하고 사랑함으로

부부간에 평강을 누리고
가정에서 모범이 되는
'주님 안의 부부'가 되어야겠습니다.

이처럼 부부는
주님 안에서
신앙의 관계를 함께할 때
좋은 습관과 좋은 취미도
함께 갖고, 함께 행할 수 있을 것입니다.

이것이 '주님 안에서
함께 가꾸어지는
부부'의 모습일 것입니다.

그리스도인 가정의
모든 부부들이 이렇게
'주님 안의 부부'로 삶으로써
부부지간의 화목과 화평을 체험함으로
가정에서도, 이웃에도 주님 주신 사랑을
자연스레 나누게 되기를 소망합니다.

(창2:23)아담이 가로되 이는 내 뼈 중의 뼈요 살 중의 살이라 이것을 남
    자에게서 취하였은즉 여자라 칭하리라 하니라
(창2:24)이러므로 남자가 부모를 떠나 그 아내와 연합하여 둘이 한 몸을
    이룰지로다

첫 맘

남.사.친. & 여.사.친

남편이기 이전에
남자.사람.친구였던 그.

아내이기 이전에
여자.사람.친구였던 그녀.

남.사.친. &여.사.친
연애 전, 연애 중의 설렘을
떠올리게 하는 명칭입니다.

드라마를 보면 딱 이 단계의
커플이 자주 나오는데요.
그들을 보면 설렙니다.

설레었던 그때는
그녀의(그의) 모든 게 예뻤고(멋졌고)
함께한 모든 게 좋았죠.

그리고 그녀의(그의) 모든 걸 껴안았답니다.
그렇다면 결혼생활이 길어지면
설레는 남.사.친(여.사.친)은 끝난 걸까요?

이렇게 설렘 없는 인생만큼
지루한 게 또 있을까요?

커플이 부부가 되면 의리로 산다지만
설레었던 첫 맘을 잊지 않고 산다면
의리에 열정까지 더해지겠지요.

그러므로
그 첫 맘 지켜
영원히 서로에게
설레는 남.사.친과 여.사.친이기를.

[인생의 넛지] 넛지형 부모

열성적으로 넛지를
연구 개발해야 할 사람,
바로 부모입니다.

책 〈넛지(Nudge)〉의 표지를 처음 봤을 때
참 디자인이 적절하다, 생각했습니다.

책의 내용을 금방 떠올리게 해주는
표지 디자인을 선호하는데
참 이 책은 표지 디자인도
넛지 디자인이네요.

표지 디자인을 보면,
엄마(아빠) 코끼리가
아기 코끼리를
'뒤에서' '살짝' 밀죠.
(앞에서 거세게 당기지 않고).

아이의 진로를 '고급 정보'나 입시 상담가에게 의존하거나
지시형 잔소리를 적극적 교육으로 착각하거나

못다 이룬 내 꿈을 애먼 아이에게 주입하거나
기존 질서대로 절차를 밟게 할 심산일 뿐이거나 하지 않고,

아이라는 존재 자체에 감사하고
주신 은사에 관심을 가짐으로
그저 지혜로운 조언자로서
뒤에서 살짝 밀어주는 부모라면
넛지형 부모라고 할 수 있겠습니다.

부모인 나는 세상에 유일한 존재이고
내 아이도 세상에 유일한 존재이므로
나에게, 내 아이에게 맞게
넛지를 상상하고 적용해야겠습니다.

그렇게 아이를 위해 넛지를 연구 개발하면서
자신의 삶도 개선되고 향상될 것입니다.

단, 이때 사람은 모두 각자가
주체적으로 앞을 향해 나아가야 한다는
진실을 자꾸 놓치지 말아야겠습니다.

그리고 사람의 행위 하나하나가
결코 사소하지 않다는
경각심을 가져야겠습니다.

아래는 인간 행위의 중대함을 일깨우는
〈넛지〉 저자의 한 마디입니다.

"겉으로 보기에는 사소하고 작은 요소라고 해도
사람들의 행동 방식에 커다란 영향을 끼칠 수 있다.
우리의 경험에서 도출한 유용한 한 가지 법칙은
'중요하지 않은 요소란 없다'는 것이다."

공부의 목적

'목적을 알고 공부했다면….'

'그랬다면 공부가 즐거웠을 것이고,
재능과 직업에 대해서도
건설적인 고민과 준비를 했을 텐데….'

'그렇게 알고 공부했다면 시간을 즐기고 또 아꼈을 텐데….'

무엇을 위해서 공부하는지에 대해서
어쩌면 그리도 근본 없이
공부가 아니라 암기를 했는지,
부끄럽고 아까울 따름입니다.

믿음이 없었기 때문에
인생과 공부에 대한
가치관이 없었던 것이죠.

그러나 신앙의 유산을
물려받은 자녀라면
달라야겠지요.

확신과 권면의 마음으로
아이에게 말해줍니다.

"공부는 즐거운 거야.
공부는 하나님이 만드신 세상과
하나님의 뜻을 알아가는 거야.
그리고 공부를 왜 하냐면,
하나님이 네게 주신 재능으로
하나님께 영광을 돌리기 위해서 하는 거야."

아직은 어리지만 어려서부터 이러한 공부의 목적이
마음에 확실히 심어지기를 바랍니다.
그래서 무엇을 위해서 공부하는지 바로 알고
즐겁게 공부하기를 바랍니다.

어른은 반드시, 주님 안에서 하는 이 공부의 목적을
아이가 깨닫도록 열심으로 가르쳐야 할 것입니다.

안타깝게도 미국에서 가장 오래된 대학으로
1636년 기독교 목회자 양성을 위해 목회자들이 직접 세운
하버드 대학에서, 차별이라 주장하며
기독교의 뿌리를 제거하려는 움직임이 일고 있다고 합니다.

입학과 졸업 때 부르는 '아름다운 하버드(Fair Harvard)'라는
하버드 교가의 폐지를 요구하고 있는 겁니다.

하버드 교가는 다음과 같은 가사로 끝맺는다고 합니다.

'이 세상의 거짓에 흔들리지 말고
진리에 서서 청교도 정신으로
죽을 때까지 빛의 전령사이자
사랑을 품은 자가 되라.'

아래 1642년 작성된 하버드의 교칙은
기독교 세계관에 따라 명확합니다.

"모든 학생에게 인생과 공부의 목적이 하나님을 알고
또 예수 그리스도를 아는 것임을 가르쳐야 한다."

요한복음 17장 3절 말씀 그대로 가르치겠다는 겁니다.

(요17:3)영생은 곧 유일하신 참 하나님과 그의 보내신 자 예수 그리스도
    를 아는 것이니이다

**이와 같이
세상 풍속을 좇지 않고
하나님 말씀대로 가르치고 권면하는
가정과 학교와 사회와 국가 되기를 간절히 바랍니다.**

인간의 경향성 (1)

마리아 몬테소리 여사는 인간의 발달이
자연 현상과 같다고 규정했습니다.
인간 고유의 정신을 완성하기 위한 과정은
보편적인 현상이라고 할 수 있다는 것이지요.

"인간의 생명체는 단지 물질적 존재로서만 태어나는 것이 아니라 '배아
된 세포'로 이루어지는데 그것은 이미 결정된 형태로서 자기 자신 안에
잠재적인 정신적 기능을 가지고 있다."

— 마리아 몬테소리

그녀는 또한 인간은 서로 연관되어 있는 존재임을 강조했습니다.

인간은 함께 대화하고 일하고자 하는
필요성과 욕구를 지니고 있다는 것입니다.

"외부 환경은 단지 생리적인 생존의 수단이 아니라 각각의 모든 생명체
가 스스로 행할 수 있는 신비스런 사명감을 요구한다. 그것은 바로 환경
에서 단지 살기 위한 것만이 아니라 세상과 그의 조화를 유지하는 데 필
요한 의무를 수행하는 것이다."

— 마리아 몬테소리

이처럼 고유한 정신의 완성과 함께
소통하고 동역하는 관계성을 추구하는
인간의 경향성을 깨달은 몬테소리는
어린이의 세계를 이해하고 그들의 잠재력을 신뢰함으로
적절한 시기에 적절한 도움을 주고자 실험하고 연구했습니다.

결국 인간의 경향성(지향점)을 인식했기 때문에 가능한 일이었습니다.
인생은 어른 눈높이로는, 그리고 주입식으로는
느껴지지도 배워지지도 않습니다.

가치관이 부재하거나 빈약한 교육은
실은 교육으로서 기능하지 못합니다.

누구나 교육자가 되어야 한다고 할 때
(여기서 교육은 자신의 세대와 후손의 세대를 향한 교육, 둘 다를 지칭합니다.)
우리는 인간의 삶이 어디로 방향을 잡아야 할지부터 인식해야겠습니다.

"어린이의 감춰진 힘을 알아내어 칭찬하고 그 힘의 성장을 돕고 보조하
겠다는 의도를 가지고 겸손히 다가가야 한다. 그렇게 하면 어린이의 진
정한 품성이 내면의 힘을 가지고 우리 앞에 드러날 것이다."
  − 마리아 몬테소리

소소한 사물과 경험과 환경만으로도
세상과 인생을 배우는 어린아이들을
우리가 알고는 있는지 돌아봅니다.

인간의 경향성 (2)

어른의 약점은
자신의 어린 시절을
추억하지 못한다는 것입니다.

갈수록 추억할 것도 별로 없는
세상이기도 하지만요.

해서 자녀를 대하다 보면
이때가 이때인가
아예 모르기도 하고
자신의 과거든 전문가의 도서든
추억하고 기억했다가도
곧잘 잊어버리기도 합니다.

그래서 아이의 제때를
못 알아보고 혼을 내거나
제지하거나 하는 실수를 합니다.

몬테소리가 관찰한 아이의 경향성은
그 같은 오해와 실수를 막아줍니다.

[0세에서 6세까지 주로 볼 수 있는 경향성]
- 탐험하고자 하는 경향성
- 방향성, 질서에 대한 경향성
- 의사소통의 경향성
- 일을 하고자 하는 경향성
- 손을 사용해서 뭔가를 조작하려는 경향성
- 반복하고자 하는 경향성
- 정확하고자 하는 경향성
- 자기 완성을 이루고자 하는 경향성

[6세에서 12세까지 주로 볼 수 있는 경향성]
- 수학적 두뇌에 대한 경향성
- 추상화에 대한 경향성
- 상상력이 증대되는 경향성
- 그룹을 만들고자 하는 경향성
- 사회적 행동에 참여하고자 하는 경향성
- 정신적 작업을 하고자 하는 경향성

경이롭지 않습니까?

커가면서 소명을 따르도록 하기 위해
세상의 질서를 깨달아가는 순서며
사람들과 함께하고자 하는 순서며
나로부터 출발해 세상과 이웃에게
한 발 한 발 나아가게 하시는

하나님의 섭리에 감탄하게 됩니다.

우리가 이러한 하나님의 뜻에 무지하여
아이에게 때에 맞지 않게 어울리지 않는 특성을 강요하거나
아이가 발달 과정에 맞는 행동을 보고 잘못 커간다고 오해하거나
이 아이는 성격과 욕구가 이렇다고 간단히 규정해버리거나
(내성적이다/욕심이 많다/자존심이 세다/고집이 세다 등등)
아이가 경향성을 충족하지 못하도록
그리고 다음 과정을 준비하지 못하도록
지나치게 억압하거나 아니면 아예 별 관심을 보이지 않으면
후유증이 나타나게 되어 있습니다.

그 아이는 사춘기에 정체성에 혼란을 겪다가
청년기에 호되게 방황할 수 있습니다.

어려서 못해본 일들을 뒤늦게나마 해 보려 하지만
방향(경향)을 몰라서 고통스러워합니다.
그 고통이 평생을 갈 수도 있으니
참으로 안타까운 일입니다.

이 고통의 출현을 막기 위해서,
그리고 아이 스스로가 고민하고 행동하여
인생을 감내하고 체험함으로써
진정한 성숙을 이룰 수 있도록 도와야겠습니다.

커가면서 소명을 따르도록 하기 위해
세상의 질서를 깨달아가는 순서며
사람들과 함께하고자 하는 순서며
나로부터 출발해 세상과 이웃에게
한 발 한 발 나아가게 하시는
하나님의 섭리에 감탄하게 됩니다.

무엇을 위하여

'목적 있는 공부'라는 표현은 많이 쓰지만
(실은 좋은 목적보다는 선행학습과 명문대 입학을 겨냥한)
정말로 목적 있는 교육을 우리는 말합니까?

요즘은 기승전'4차산업혁명'이
공부 시장(Study Market)에
활개를 치는 것 같습니다.
그러니까, 요컨대 우리가 아이들에게
'목적 있는 인생'을 말하고 있는지….

어린아이들은 이리저리 내몰리는데
무엇을 위하여 이것저것 배우고 익히는지….
무턱대고 정신없이 바쁜 아이들이 불쌍하기만 합니다.

어쩌면 목적의식이 없거나 희미해서 나침반을 상실한
어른들이 빚어놓은 사회와 학교와 가정이
너무나도 어린 그 아이들의 혼을 쏙 빼놓는 것은 아닌지,
그러면서 애꿎은 아이들을 닦달하고 타박하는 것은 아닌지 돌아보게
됩니다.

무작정, 이 과목 저 과목을 미리미리 공부하게 하고
이 책 저 책, 이 문제집 저 문제집을 보게 하고
이 학원 저 학원을 다니게 하면서
마치 그것들 모두를 삶의 전공필수 과목처럼 여기는 어른들이
아이들로 하여금 정말로 인생필수 과목인
"목적이 있는 인생" 수업은 참여조차 해 보지 못하게 하고 있는 것은
아닌지 생각해봐야겠습니다.

함께 소통하고 교제하면서 사랑을 나누고
각자의 재능을 공유하여 서로에게 유익이 됨으로
보람차고 활기차게 살아가는 삶.
그 삶의 즐거움, 곧 인생의 참된 행복을 느끼며 살아갈 수 있도록
아이들이 어려서부터 함께 뛰놀고 이야기하면서 서로 사귀고,
어른들과 소통함으로 삶의 지혜를 배우면서
진짜 인생 공부를 할 수 있기를 바라 봅니다.

정말로 그렇게 되도록 어른들이 함께 힘과 뜻을 모아
어른들이 아이들을 진정으로 돕는 세상을 꿈꿔 봅니다.

요즘 아이들의 말도 안 되게 바쁜 일과를 보며
저러다가는 몸과 마음이 제대로 자랄 시간조차 없겠다 싶은
안타까운 마음이 든,
그러나 아이를 제때에 제대로 안내하기에는
아직도 한참 모자란 한 어른의 반성과 소망입니다.

요컨대 어른에게도, 아이에게도
목적이 있는 관계와 시간이
긴요해 보입니다.

아이의 오늘에 반드시
이 소망이 이루어질 수 있도록
우리 어른들부터 이제는 담대하게
삶에서 '목적 있는 선택들'을 해나가야겠습니다.

마음에 하나님이 주신 큰뜻을 품음으로 담대함과 여유로움으로
아이들과 하나님께 감사함으로 삶과 세상에 대해 이야기하고
소소한 일상을 함께하며 즐거워하는
목적이 있는 시간을 창조하는 선택부터 해야겠습니다.

물론 그 전에, 무슨 과목에 또는 다른 아이들에게 '뒤처질까봐'라는
모든 아이들에게 그리고 우리 모두에게 유익하지 않은,
부질없고 이기적인 욕심에서 비롯된 염려는
진작에 내려놓아야겠습니다.

우리 아이들이 주님이 허락하신
이 세계과 관계와 시간을 감사함으로 누리며
주님 주신 은사를 마음껏 발휘하고
서로 사랑을 나누며 인생이라는 은혜를 누림으로써
주님의 제자로서 복된 삶을 살아가기를 소망합니다.

부모가 한 그대로

부모가 소리 지르면
자녀는 고함 칩니다.

부모가 못 기다리면
자녀는 보챕니다.

부모가 싸우면
자녀는 다툽니다.

부모가 욕심 부리면
자녀는 탐냅니다.

부모가 게으르면
자녀는 늘어집니다.

부모가 말이 앞서면
자녀는 말부터 합니다.

자녀는 부모가 한
그대로 합니다.

부모 학교

~~~~~~~~

자녀 교육은 실은 자녀에 대해서 하는 것이라기보다는
단지 부부가 행하는 모든 것이라고 보여집니다.

부부가 가정과 교회와 일터에서 기도하고 예배하는 것이
그대로 신앙생활 교육이 되고,

부부가 서로를 위해주고 이웃을 배려해 주는 것이
그대로 인간관계 교육이 되며,

부부가 서로에게, 이웃에게 예쁘고 따뜻한 말을 하는 것이
그대로 언어생활 교육이 되고,

부부가 함께 감사하고 아끼며 하는 경제활동이
그대로 경제관념 교육이 됩니다.

이것이 산 교육임을 알지만,
종종 몸과 말이 따로라
교육 효과가 적지 싶습니다.
결국 자녀에게는 부모가 학교입니다.
아이들은 부모를 쉽게 배웁니다.

불평과 불만이 가정에 미치는 영향

당신은 자주 투덜거리고 불평하는 편인가?
그런 말들은 당신의 배우자에게 심각한 영향을 주고 있을 것이다.
불평과 불만은 가정에 부정적인 분위기를 조성하고
배우자를 자극하고 우울하게 하는 요인이 된다.
- 켄 산데, 〈결혼은 갈등이다〉 중에서

불평과 불만은 만족하지 못하고
감사하지 못하기 때문에 나옵니다.

불평과 불만은 단지 그 말에 그치지 않고
사태를 만들고 키웁니다.

불평과 불만은 사랑의 관계를 파괴함으로
행복을 멀리 보냅니다.

상황에 대해서, 환경에 대해서,
서로에 대해서, 이웃에 대해서
투덜대고 헐뜯고 짜증 내면
될 일도 안 되고,

줄 이유도 없는 상처를 줍니다.

그새 갈수록 나는, 내 반려자는 강퍅해집니다.

그렇게 불평과 불만이라는 독을 품은 화살은

고스란히 나와 나의 배우자에게 부메랑처럼 돌아와 꽂혀서

자녀에게, 이웃에게 그 독을 퍼뜨리고 맙니다.

그래서 부부란 참으로 감싸 안아 주고

쓰다듬어주어야 하는 사이입니다.

부부란 긍정하고 소망하는 사이여야 합니다.

그 따뜻하고 해맑은 부부 사이를 거쳐서

가정에 행복이 흐릅니다.

그리고 그 가정이 사회를 밝힙니다.

표현하지 않는다면

가족 간의 애정표현이 인색한 가정에서 성장한 사람은 애정표현이 풍부한 가정에서 성장한 사람에 비해 애정표현을 잘 못한다. 이처럼 각 가정의 감성적 문화는 가족 구성원 모두에게 결정적 영향을 끼친다.
- J. 오티스 레드베터, 〈하늘유산〉 중에서

사랑이란, 받은 만큼 줄 수 있는 것처럼
애정표현도 마찬가지이겠지요.
물론 내가 애정표현이 별로 없는 가정에서 자랐다고 해서
내 아내, 내 남편, 내 아이에게까지 그럴 필요는 없습니다.
나부터 애정표현을 하기 시작하면 상대도 하게 될 테니
그러면서 애정표현이 풍부한 가정이 될 것입니다.

말로 표정으로 몸짓으로 글로.
애정표현 방식은 다양합니다.
새로운 방식, 새로운 내용으로 그때그때
창의적으로 애정을 표현할 수 있습니다.
만약 내 마음을 표현하지 않는다면
누가 그 마음을 제대로 느낄 수 있을까요?
그러므로 표현에 인색하지 말아야겠습니다.

가정이야말로 사역지가 되어야 합니다

그 무도함에 숨을 멎게 하는 무참한 사건과
단지 일면을 듣기만 해도 가슴 저린 사연을 접해 보면

그 안타까운 결과의 뿌리에
마음의 상처가 자리 잡고 있고,

그 상처를 깊숙이 파고 들어가 보면
가정에서의 죄악과 폭력과 무관심과 차별이
도사리고 있음을 보고
깊은 탄식을 하게 됩니다.

〈레미제라블〉의 빅토르 위고는
"인생에 있어 최고의 행복은
우리가 사랑받고 있다는 확신이다"라고 했건만,
비참한 가정이 참담한 현실을 낳고 있는 것이
현시대의 적나라한 모습입니다.

그러나 가정이 더 이상 울타리가 되어주지 못한다면
믿음과 마음은 어디서 자랄 수 있을까요?
그러므로 우리는 가족을 대할 때

하나님이 가정이라는 제도를
만드신 이유를 생각해야 합니다.

하나님은 가정을 통해
사랑을 꽃피우기를 바라십니다.

상처가 생기는 곳이 가정이지만
상처가 고쳐지는 곳도 가정입니다.

치유에는 늦음이란 없습니다.

지금, 아픈 우리 가족을
예수님의 사랑으로
껴안아야겠습니다.

소통과 배려

소통은, 실은
눈과 눈의 대화입니다.

우리는 눈으로 말합니다.

그러므로 공감하지 못하는 이유는
서로 눈을 보지 않기 때문입니다.

[인생과 운전] 혼자일 때와 함께일 때

교통문화를 보면 선진국인지 아닌지 알 수 있다고 하죠.

지나가는 사람이 없더라도
빨간불이라면 일단 횡단보도 앞에서 멈췄다가
파란불이 되면 다시 출발하는 운전자들이
대부분이라면 선진국이겠지요.

이렇게 누가 있든 없든 일관되게 운전하는 것은
준법정신뿐만 아니라 인생수준을 보여준다 하겠습니다.

저는 우리나라 운전자의 가장 나쁜 운전습관이,
바로 깜빡이를 켜지 않고 차선을 바꾸거나
깜빡이를 켜자마자 급히게 차선을 바꾸는 것이라고 생각합니다.
앞에, 옆에 차량이 있어도 깜빡이를 제대로 켜지 않는데
주변 도로에 차량이 없다면 아예 깜빡이를 켜지도 않겠지요.

저는 그래서 국내에는 일명 '깜빡이 준수법'이
도입돼야 한다 생각합니다.
누가 있든 없든 일관되게 행동하는 것은
앞에서도 말했듯이 인생수준, 곧 인격을 보여 줍니다.

그럼, 누가 있든 없든 일관되게 행동하게 하는
근본 동력은 무엇입니까?

양심이겠지요.

양심 곧 선한 마음이란
나 혼자만 있을 때도
일관된 마음을 말할 것입니다.

즉, 인격이란 자기 감정이나 상황에 따라 들쑥날쑥하는 게 아니라,
혼자건, 함께건 늘 변치 않는 삶의 자세라는 것을
우리는 마음 깊이 각인해야겠습니다.

귀한 칭찬

학창 시절로 거슬러 올라가 보면
아주 가끔이기는 하지만
진심인 듯한 칭찬을 듣고
자신감을 얻게 된
감사한 기억이 있습니다.

#1.
수업을 진심과 성실로
공들여 해주신 고교 독어 선생님께서
가르치신 지 1년인가 2년인가 되어 졸업할 즈음
이름을 부르며 해주신 말.

"민규, 독일어 정말 잘한다~."

관심을 쏟아가며 즐겁게 열정적으로
독어를 공부했던 그 모든 시간들을
한 마디로 정리해주시는 듯한 그 칭찬에
감격과 보람을 느꼈습니다.

직장에서도

아주 가끔 듣기는 했지만
참으로 힘이 된 말이 있습니다.

아, 물론 직장에서는
혼난 기억도 참 많습니다.
물론 당근과 채찍 모두가
다 약이 되는 훌륭한 경험이지요.
이 당근과 채찍을
적절한 시점에 줄 줄 아는 사람이
능력 있는 리더라 할 수 있을 것입니다.

#2.
직장생활을 통틀어
채찍이 억세기도 했지만
주신 당근이 참 달았던
상사 한 분이 있었습니다.
이 까다로운 상사에게
아래 한 마디를 듣기까지
심하게 깨졌습니다.
보고서에서
아래 한 마디를 보기까지요.

Good Job

그때 주어졌던 부담스러운 그 일에 대해

이 Good Job 단계에서 더 진보했을 때
보고서 위에 쓰인 한 단어.

Excellent

그리고 까다로운 그분이 뒤돌아가는 제게
나직한 목소리로 던진 짧은 한 마디.

"아주 오랜만에 그 말을 써보네."

그간의 수고의 땀을 닦아 주고
더 진보케 하는 말이었습니다.

왜 이 두 가지 칭찬이 유독
살면서 잊히지 않는 걸까요?

그렇습니다.

오래 함께한 후에, 쭉 관찰하다가
툭 던지는 듯한 칭찬 한 마디의 위력은
참으로 대단해서 머릿속에서,
가슴속에서 사라지지가 않습니다.

그리고 다음과 같은 생각으로
자신 있게 일을 대하게 합니다.

'그래, 난 이거 잘할 수 있어.'
이처럼
가치 있는 칭찬은
가치 있는 인생을 살아가도록
놀라운 힘을 발휘합니다.

실수해도, 실패해도 낙심하지 않고
도전해서 마침내 성취하게 하는
원동력의 역할까지 칭찬은 수행합니다.

이것이 진정한 '칭찬의 가치'이겠지요.

그런데 오늘날 가정에서는 유난히도
가치 있는 칭찬을 보기가 힘듭니다.

칭찬에 인색하던 한국에
"칭찬은 고래도 춤추게 한다"는 표현이 대유행하고서부터
칭찬은 무조건 좋다는 잘못된 풍조가
현시대의 조급증과 어우러지는 바람에
애석하게도 그만, 귀하게 쓰여야 할 칭찬이
남용되고 있는 것은 아닌지 모르겠습니다.

특히 저출산 시대가 되고부터
그저 왕자와 공주로 떠받들어지는 아이들에게
칭찬은 이제 대수롭지 않은 말들 중의 하나가 되고 있는 것은 아닌지.

그리하여 내린 결론.

칭찬에 인색하지는 말되, 칭찬하기 전에 인내하자.

꾸준히 그 모습을 지켜보고, 이따금 조언도 해주다가
그간 도전해왔던 것에 큰 성취를 보였을 때
조용한 어투로 혹은 간결한 필체로
선사하는 칭찬 한 마디.

가정과 학교와 회사에서는
이 귀한 칭찬이 필요합니다.

힘들여, 공들여 귀한 칭찬을 들은 사람은
인내와 도전과 성취의 가치를
절실히 깨닫게 됩니다.

진심으로 오랫동안 관심과 애정을 쏟다가
발견한 그 성취에 진정으로 건네는 귀한 칭찬을
당신은 지금 누군가를 위해 준비하고 있는지요?

**칭찬에 인색하지는 말되,
칭찬하기 전에 인내하자.**

꾸준히 그 모습을 지켜보고,
이따금 조언도 해주다가
그간 도전해왔던 것에
큰 성취를 보였을 때
조용한 어투로 혹은 간결한 필체로
선사하는 칭찬 한 마디.

[어린아이 됩시다] 아낌도 빠짐도 없이

둘째 딸이 말하는 걸 보면,
표현하는 데 정말로 '아낌'이 없습니다.
특히 '사랑 고백'을 자주 하는데,
"엄마가 너~무 좋아"라면서
'너~무'에 힘을 너~무 주면서 말합니다.

이렇게 아낌 없이 마음을 표현하는 데다
그 표현의 대상에도 '빠짐'이 없습니다.

"엄마 좋아, 아빠 좋아, 언니 좋아, 가족 좋아."

어린이집 같은 반 친구들에 대해서도 한 명 한 명
이름을 불러주며 누가 좋다고 말합니다.

며칠 전에는 할머니를 만나서
"보고 싶었어요"라며 품에 안기는데
할머니가 너~무 행복해하셨습니다.

또 최근에는 갑자기 비가 온 날이 있는데
딸아이 엄마가 어린이집에 우산을 들고 갔더니

네 살 아이가 글쎄,
"엄마, 우산 갖다 줘서 고마워요" 해서
엄마를 감동으로 놀라게 했다고 합니다.

네 살 어린아이도 이처럼 아끼지 않고,
빠뜨리지 않고 애정과 감사를 표하는데
나이가 들수록 표현에 어색하고 인색하니,
'우리가 행해야 할 삶의 전부라 할 수 있는 사랑 표현'에 대해
도무지 지혜롭지 못하다 할 수밖에 없을 것입니다.

그런데 둘째 딸의 그 잦은 사랑 고백을
아무리 듣고 또 들어도, 들을 때마다 감동이 됩니다.
사랑 고백을 하면 할수록, 그 아이가 더욱더 사랑스럽습니다.

이렇게 사랑을 줄 줄도, 받을 줄도 아는
어린아이가 되어야겠습니다.
아낌 없이, 빠짐 없이 사랑을 표현하는 만큼
이 세상에 '사랑의 능력'이 아름답게 펼쳐질 테니까요.

그런데 이 '사랑의 능력자'는 다름 아닌 하나님이십니다.

요컨대, 사랑의 근원은 하나님뿐입니다.

이것이 하나님께 순종할 때, 우리가
비로소 '참된 사랑'을 하게 되는 이유입니다.

불순종으로 죄인이 된 우리를 구원해주시기 위해
독생자이신 예수님을 십자가 대속물로 보내주시기까지
완전한 사랑을 베풀어주신 분이 바로 하나님이시므로
오직 그 '사랑이신 하나님' 안에서
사랑을 풍성하게 표현하며 살기를 바랍니다.

(요일4:8)사랑하지 아니하는 자는 하나님을 알지 못하나니 이는 하나님
은 사랑이심이라

(요일4:9)하나님의 사랑이 우리에게 이렇게 나타난 바 되었으니 하나님
이 자기의 독생자를 세상에 보내심은 저로 말미암아 우리를 살리려
하심이니라

(요일4:10)사랑은 여기 있으니 우리가 하나님을 사랑한 것이 아니요 오
직 하나님이 우리를 사랑하사 우리 죄를 위하여 화목제로 그 아들을
보내셨음이니라

(요일4:11)사랑하는 자들아 하나님이 이같이 우리를 사랑하셨은즉 우리
도 서로 사랑하는 것이 마땅하도다

[인생과 운전] 청개구리 운전사

#1
억수로 비가 쏟아지고 있는 와중에
과속과 칼치기와 앞지르기를 합니다.

#2
저 앞에 차가 갑자기 막힘에도 불구하고
좀 더 가겠다고 급하게 차선을 바꿉니다.

#3
주차장은 곳곳에 차와 사람이 다니는데도
"나 몰라라" 하듯이 도로처럼 빨리 달립니다.

'청개구리 운전사'의 삶의 모습입니다.

인간에게는
하지 말라고 하면
더 하고 싶어하는
'청개구리 심리'가
있지 않습니까?

이 청개구리 심리가 무의식중에 혹은 악의로
발동되면 나와 가족과 이웃에게 피해가 갑니다.

동화 "청개구리"를 통해
몹시도 안타까운 그 결말을
익히 보지 않았습니까?

그러므로 '순리를 따르는
운전'을 하기를 바랍니다.

그것이야말로
나와 그를 사랑하는
배려의 삶이겠지요.

배려(配慮)
짝지을 배(配), 생각할 려(慮)
도와주거나 보살펴 주려고 마음을 씀.

즉, 삶의 매 선택에서
하나님의 섭리를
따르기를 소망합니다.

(사42:24)야곱으로 탈취를 당케 하신 자가 누구냐 이스라엘을 도적에게 붙이신 자가 누구냐 여호와가 아니시냐 우리가 그에게 범죄하였도 다 백성들이 그 길로 행치 아니하며 그 율법을 순종치 아니하였도다

(사42:25)그러므로 여호와께서 맹렬한 진노와 전쟁의 위력으로 이스라 엘에게 베푸시매 그 사방으로 불붙듯 하나 깨닫지 못하며 몸이 타나 마음에 두지 아니하는도다

(사43:1)야곱아 너를 창조하신 여호와께서 이제 말씀하시느니라 이스라 엘아 너를 조성하신 자가 이제 말씀하시느니라 너는 두려워 말라 내 가 너를 구속하였고 내가 너를 지명하여 불렀나니 너는 내 것이라

세상 유일한 갑

갑질, 참으로 가슴 아픈 말입니다.

사실, 갑과 을이 어디 있습니까?
인간에게 갑은 오로지 하나님뿐 아닙니까?

한번 갑질의 이면을 볼까요?
을만 아픕니까? 갑도 아픕니다.
자기가 준 상처가 갑에게도
부메랑처럼 돌아오기 때문입니다.

사회에서는 계속 갑질이 이슈화되니
이를 계기로 갑과 을의 아픔이
주님 안에서 치유되기를
소망하게 됩니다.

여기서 잠시 갑질의 모습을 살펴볼까요?

일단 무엇이라도
남보다 낫다고
스스로 생각하면

자기를 갑이라 여깁니다.

차가 더 비싸면,
월급을 더 받으면,
직급이 더 높으면,
직장이 더 크면,
외모가 더 나으면,
집이 더 크면,
사는 동네가 더 비싼 동네면,
지닌 물건이 더 값나가면,
학벌이 더 좋으면….

그뿐이겠습니까?

부와 명예와 권력이
남보다 앞선다고 생각하면
목은 뻣뻣하고 눈은 날카로운
갑이 되기 십상입니다.

그뿐이겠습니까?

교만하고 이기적인 인간은
남보다 머리숱이
약간이라도 더 많다면
마음부터 행위까지

갑질을 할 수 있습니다.

특히 서비스업에 종사하는
소위 감정 노동자들을 대상으로
고객이 갑으로 돌변해
폭언과 분노를 쏟아내는 일이
수시로 벌어지는 것은
참으로 안타까운 일입니다.

예수님이 보여주신 겸손과
극단적으로 대조되는
모습들이 아닙니까?

이러한 갑질의 결과,
맹공을 퍼붓느라 한참 날이 선 갑도,
그저 참아내느라 억울하기만 한 을도
그 마음이 너무도 흐트러져 있을 것입니다.

해결책은 무엇일까요?

단지, 갑은 자제하고
을은 표출하면 될까요?
서두에서 밝힌 대로
'세상 유일한 갑은 하나님뿐'이라는
'인간의 겸손의 자리'로

되돌아가는 것이야말로
포학한 갑질이 종결될
유일한 길이라는 생각입니다.

이 같은 '겸손의 자리'에서만
비로소 우리는
사랑과 인내와 긍휼로
하나님의 자녀인 서로를
존중의 마음과 동등의 시선으로
바라보고, 대하게 될 것입니다.

*(시147:6)여호와께서 겸손한 자는 붙드시고 악인은 땅에 엎드러뜨리시
    는도다*
*(잠3:34)진실로 그는 거만한 자를 비웃으시며 겸손한 자에게 은혜를 베
    푸시나니*
*(잠16:19)겸손한 자와 함께 하여 마음을 낮추는 것이 교만한 자와 함께
    하여 탈취물을 나누는 것보다 나으니라*
*(잠18:12)사람의 마음의 교만은 멸망의 선봉이요 겸손은 존귀의 앞잡이
    니라*

존귀(尊貴)
지위나 신분이 높고 귀함.

(잠22:4)겸손과 여호와를 경외함의 보응은 재물과 영광과 생명이니라

[인생과 운전] 운전과 소통

중심이 잡혀 있는 사람은 일관성이 있지요.

그렇지 않다면,
차선을 이리저리 바꿔 가며
운전하는 사람과 같습니다.
차선을 자꾸 바꾸면 본인도 피곤하지만
주변 사람들은 더 피곤합니다.

그런데 그렇게 일관되지 않은 자기 모습을
스스로 즐기기까지 한다면
그것은 무게중심 자체를 잃고
심하게 방황하는 격입니다.

그 방황이 소통을 가로막으며
주위에 피해를 끼칩니다.

이처럼 일관성이 결여된 사람은
특히나 자신이 갈 바 자체를 모르니
어디로 갈지를 주위에 거의 알리지 않거나,
제대로 알리지 않습니다.

차로를 바꾸면서도
깜빡이를 켜지 않거나,
설령 켠다 해도
이미 차선을 넘어가면서 켭니다.

이렇게 소통할 줄 모르는 사람이
조급하기까지 하면
다급하게 차선을 바꿔 가며
일대 혼란을 일으킵니다.

초보운전자일 때 직장상사가
"깜빡이를 켜고 나서도 일단 차 한 대를 보내고 나서
그다음 차 앞에서 껴야 한다"고 가르쳐 주었습니다.

이것이 나의 갈 바를 알리고
그의 갈 길을 배려하는 삶의 자세겠지요.

결국, 중심이 잡혀 있는 사람이야말로
일관되고 조급하지 않으며
친절히 배려하겠지요.

소통이 되는 이유입니다.

우리 모두가 그렇게 중심이 있는
운전과 소통을 하게 되기를 소망합니다.

[어린아이 됩시다] 아이의 언어

아이는 순수합니다.
있는 그대로 보고, 느끼고, 말합니다.

즉 왜곡해서 보지 않고,
받은 그대로 받아들이며,
느낀 바를 바로 말합니다.

아이의 언어를 탐구해 보고자 한 이유입니다.

지난 주일 첫째 딸의 감사헌금 기도제목.
"기쁘하게 해 주셔서 감사합니다."

이 기도제목을 보고
기쁨의 원천을 잘 생각지 않았던
저 자신을 돌아보게 되었습니다.

내가 기뻐하면 기쁜 거라고 교만하게 생각할 때가 얼마나 많았는지…
세상적인 것, 곧 헛된 것이 기쁜 거라 착각할 때가 얼마나 많았는지…

교만과 탐욕이 이렇게 무섭습니다.

기쁨이란 무엇인지, 기쁨의 원천은 무엇인지를
그릇되게 인식하게 하기 때문입니다.

물론 교만과 탐욕이 빚어낸 가짜 기쁨은
오래가지 않아 시들해지며
정체를 드러내게 마련입니다.
그렇게 가짜 기쁨은 결국 진짜 우울을 만들어 내고 맙니다.

그러나 아이는 진리를 말합니다.
"기뻐하게 해 주셔서 감사합니다."

기쁨의 원천이신 주님께서 공급해 주신 기쁨을 그저 감사히 받는 것이
겠지요.
이 참 기쁨에 대해 어찌 그리 무심했는지요.
아니, 무심에서 한참을 더 나아가 패역을 했었는지요.

주님이 주시는 것들만이 기쁨이며,
주님이 주시는 모든 것이 기쁨임을
툭하면 잊거나 외면했습니다.
이제는 주님 주신 은혜에
그저 감사하며 기쁘게 살아야겠습니다.

즉 주신 교회에 감사하며
주신 가정에 감사하며
주신 사명에 감사하며

그렇게 주신 매일에 감사하며
그렇게 기쁨으로 충만하여
주님과 이웃을 사랑함으로
기쁨의 행군을 해야겠습니다.

(신28:47)네가 모든 것이 풍족하여도 기쁨과 즐거운 마음으로 네 하나
님 여호와를 섬기지 아니함을 인하여

(신28:48)네가 주리고 목마르고 헐벗고 모든 것이 핍절한 중에서 여호
와께서 보내사 너를 치게 하실 대적을 섬기게 될 것이니 그가 철 멍
에를 네 목에 메워서 필경 너를 멸할 것이라

(시16:11)주께서 생명의 길로 내게 보이시리니 주의 앞에는 기쁨이 충
만하고 주의 우편에는 영원한 즐거움이 있나이다

(시97:10)여호와를 사랑하는 너희여 악을 미워하라 저가 그 성도의 영
혼을 보전하사 악인의 손에서 건지시느니라

(시97:11)의인을 위하여 빛을 뿌리고 마음이 정직한 자를 위하여 기쁨
을 뿌렸도다

주님의 은혜 입은 영혼의 눈으로
있는 그대로를 보고 느끼고 말할 때
그 '정직의 기쁨'을 인하여
절로 주님께 감사를 올려 드리게 될 줄 믿습니다.

우리 모두가 이처럼 주님 안에서
진정 기쁜 삶을 겸손과 감사로
매일매일 누리며 살게 되기를 소망합니다.

말하는 대로

~~~~~~~~~

한 나라의 왕이 세상에서도 보기 드문 괴상한 병에 걸렸다. 왕을 진찰한 의사는 사자의 젖을 마셔야 낫는다고 말했다. 하지만 사자의 젖을 어떻게 구하느냐가 문제였다.

그때 머리 좋은 한 남자가 사자가 살고 있는 동굴 가까이 가서 새끼사자를 한 마리씩 어미사자에게 주었다. 열흘쯤 지나자, 그는 어미사자와 아주 친해지게 되었다. 그래서 왕의 병을 고칠 사자의 젖을 조금 짜낼 수 있었다.

사자의 젖을 가지고 궁궐로 가던 중 남자는 피곤에 지친 나머지 잠시 쉬는 도중에 꿈을 꾸게 되었는데, 꿈에서 자기 몸의 각 기관들이 서로 자기가 잘났다고 다투는 것이었다.

먼저 발이 "내가 아니었다면 사자가 있는 동굴까지 도저히 가지 못했을 거야"라고 말했다. 그러자 눈이 "내가 아니었다면 볼 수가 없어서 그곳까지 가지 못했을 거야"라고 주장했다. 심장은 "무슨 소리! 내가 아니었다면 대담하게 사자에게 가까이 가지 못했을 거야"라고 말했다.

이 말을 듣고 있던 혀가 나섰다.

"아무리 그래도 내가 아니었다면 너희들은 아무런 소용이 없었을 거야."

그 말에 몸의 각 기관들이 일제히 나서서 혀를 윽박질렀다.

"뼈도 없고 쓸모도 없는 조그만 것이 함부로 나서지 마라."

그 바람에 혀는 입을 다물고 말았다.

잠에서 깬 남자가 서둘러 궁궐로 발걸음을 옮기자 혀가 이렇게 말했다.

"이제 곧 누가 제일 중요한지 너희들에게 알려주마."

어느덧 궁궐에 도착한 남자는 왕 앞에 나아가 머리를 조아렸다.

잠시 후, 왕이 그에게 물었다.

"이것은 무슨 젖이냐?"

그러자 남자는 느닷없이 이렇게 말했다.

"네, 이것은 개의 젖이옵니다."

조금 전까지 그처럼 혀를 몰아세우던 몸의 각 기관들이 그제야 혀의 힘이
얼마나 강한지를 깨닫고, 모두 혀에게 사과했다. 그러자 혀는 말했다.

"아니옵니다. 제가 잘못 말씀드렸습니다. 이것은 틀림없는 사자의 젖이
옵니다."

이 이야기는 중요한 부분일수록 자제력을 잃으면 엉뚱한 잘못을 저지르
게 된다는 것을 일깨워주고 있다.

　　　　　　　　　　　　　　　　　　- 〈탈무드〉, 마빈 토케이어, 뷰파인더

살면서 말에 날을 세우고, 성급하게 말하고,
말실수한 것들을 돌아보면 부끄럽기 짝이 없습니다.
그 잘못된 말들이 나와 남을 해친 것을
생각하면 안타까울 뿐입니다.

말을 잘못했을 때를 돌이켜보면
나의 자존심, 나의 기분, 나의 힘듦, 나의 관심사 등등
온통 나를 앞세웠습니다.
사실 그 잘못된 말들은 나를 사랑해서 나온 것도 아닙니다.
남에게 상처를 준 그 말은 언제나 부메랑처럼

　　　　　　　　　　　　　　　　　　일상 통찰

나에게로 돌아와 내게도 상처가 되었음을 알면서도
말을 옳게, 선하게 하기가 어렵습니다.
그 무지하고 서툴고 나쁜 말들에 대해 회개하게 됩니다.
그리고 그 험한 말들로 인해 나의 가족과 이웃들이
입었을 상처를 주님께서 치유하셔 주시기를 간구합니다.

"말하는 대로 말하는 대로
될 수 있다고 될 수 있다고
그대 믿는다면
마음먹은 대로 (내가 마음먹은 대로)
생각한 대로 (그대 생각한 대로)
도전은 무한히 인생은 영원히
말하는 대로 말하는 대로
말하는 대로 말하는 대로"

— 말하는 대로 | 처진 달팽이(유재석, 이적) 가사 중에서

이 노래의 가사대로 살고 싶은데 안 되네요.
그래서 하나님께 의지해야겠습니다.
말은 마음에서 나오는데 이 마음을 지켜주실 분은
오로지 하나님뿐이시기 때문이지요.

"모든 지킬 만한 것 중에 더욱 네 마음을 지키라 생명의 근원이 이에서
남이니라 구부러진 말을 네 입에서 버리며 비뚤어진 말을 네 입술에서
멀리하라"(잠4:23-24).

존 오트버그의 저서 〈선택훈련〉을 보면 여러 가지 선택의 문 중에서 하나님께서 함께하시는 문(門)을 열고 신나게 뛰어 들어가라고 말합니다. 매 상황에서 하나님의 뜻에 순종하는 것이기 때문에 그 문 안에서 무슨 일이 벌어질지는 상관도 걱정도 하지 않고요.

이 '말'이라는 것도 이와 마찬가지인 것 같습니다. 우리가 누군가와 대화를 한다는 것은 계속 우리의 마음을 말로 표현하는 선택의 과정인데 그 대화를 하나하나 해나갈 때 하나님 앞에서 하나님을 바라보며 문을 연다는 마음으로 한다면 좋은 대화를 할 수 있겠습니다.

어느 책에서는 말을 하기 전에 침을 꿀꺽 삼키면서, 말하는 것을 늦추며 생각을 더 한 후에 말하라고 하는데 이것도 도움이 되겠습니다. 그만큼 우리가 말에 신중해야 한다는 것인데 여기서 우리는 나에 대해서가 아니라 하나님께 대해서 신중해야겠지요.

요컨대 "하나님 앞에서 말해야" 하겠습니다. 그럴 때에 비로소 사랑의 말—긍정의 말, 여유의 말, 위로의 말, 감사의 말, 도전의 말, 칭찬의 말—이 우리의 입을 통해 나오겠지요. 그리고 이 사랑의 말이 즐거운 대화와 따뜻한 관계를 만들어주므로, 우리는 서로가 서로에게 말을 함으로 함께 성장하며 사는 재미를 느끼게 되겠지요.

오늘도 우리 모두 나의 자존심과 컨디션 같은 것들을 모두 다 내려놓고 하나님 앞에 선 그 마음으로 "사랑의 말"을 함으로 나와 나의 가족과 이웃이 모두 행복해지고, 그 아름답고 멋진 말들로 인해 하나님께서 원하시는 선한 열매들이 맺히기를 소망합니다.

소외에 대하여

소외에 대해
숙고해 봐야겠습니다.

갈수록 더 '소외의 시대'가
되어가고 있기 때문입니다.

소위 '나홀로족'의 등장과 증가가
이를 극명하게 보여 줍니다.

소외는 두 가지 이유로
일어나는 것 같습니다.

1. 자기에 의한 소외
2. 타인에 의한 소외

남이 나를 소외시키는 게
더 무서울 것 같지만

내가 나를 소외시키는 게
더 무섭습니다.

그러므로 우리는
인간은 본래 외로운 존재다, 라고
스스로 말하지 말아야 합니다.

사랑의 주님이 함께하시는데
외로움과 소외가
인생에 어울리는 단어입니까?

소외는
우울하게 하고,
위축시키고,
관계하지 못하게 합니다.

이러한 소외로 인해
고통받는 사람들을 생각하면서

나는 나 자신을
소외시키고 있지는 않은지,

나는 가족과 이웃을
소외시키고 있지는 않은지

돌아봐야겠습니다.

나는 나 자신을
소외시키고 있지는 않은지,

나는 가족과 이웃을
소외시키고 있지는 않은지

돌아봐야겠습니다.

[어린아이 됩시다] 아이의 언어

초등 2학년인 첫째 딸 국어 시험지를 보고
놀라고, 배웠습니다.

문제) 차례대로 말해야 하는 이유를 쓰세요.
답) 차례대로 말하지 않으면 친구와 생각하는 시간이 달라지기 때문입니다.

우리가 대화하다 보면
내가 듣고 싶은 말을 미리 생각해 두었다가
상대방이 그렇게 말해주기를 바라면서
대화를 유도해 가곤 합니다.

혹은 상대가 말할 때는
내가 말할 것을 생각합니다.
더 심하게는 아예 상대에게
말할 시간과 여지를 주지 않기도 합니다.

"친구와 생각하는 시간이 달라진다"는 아이의 표현이
제게는 위와 같은 의미로 다가왔습니다.

그리고 반성하게 됐습니다.

'그렇지. 대화에는 차례가 필요하지.'
'그 단순한 원리를 무시하며 살아왔구나.'

차례를 무시해서 생긴 것이
일방적인 대화일 것입니다.

일방적인 대화의 배경에는
상대방에 대한 무관심과 불친절,
그리고 강한 자의식이 자리 잡고 있을 것입니다.

어린아이는 순수하기 때문에
어른보다 훨씬 더 간단하게
본질을 꿰뚫을 수 있다는 것을 또 한번 발견하면서
정말로 어린아이가 되어야겠다 또다시 생각해보게도 됐습니다.

참으로 그렇습니다.

같은 시간을 살지만
다른 생각을 한다면
친구라고 할 수 없겠지요.

사람 사이뿐만 아니라
주님과의 관계도
마찬가지일 것입니다.

주님께 묻고 구하는 기도보다는
자기가 이미 내린 결론에 의지한다면
그것은 주님과 다른 시간을 사는 것이라고 말할 수 있을 것입니다.

나는 주님과 동일한 생각의 시간을 살고 있는지, 돌아보게 됩니다.

찌름과 찔림

실수와 잘못과 실패로
이미 엎어진 부자나 유명인을
마음속 창으로 찌르는 심리.

삼삼오오 모여 누굴 욕하면
한술 더 떠 주목받으려는 심리.

익명의 온라인에서는
나든 남이든 도를 넘을수록
더 유쾌해하는 심리.

마음으로부터 순간 나오는
이 찌름들에 대해서는
가해자와 피해자가 따로 없습니다.

모두가 심히 찔릴 뿐입니다.

그 찌름의 덫에
걸려들지 않기를
기도합니다.

[어린아이 됩시다] 아이의 언어

오늘 아침 출근하러 집을 나서는데
생애를 통틀어 손에 꼽을 만한
'거한' 인사를 받았습니다.

포옹과 뽀뽀와
머리 위 큰 손 하트와
다정한 인삿말의 반복과
귀여운 눈짓으로 표하는 아쉬움과
설레는 저녁의 긴 데이트 약속까지.

그래서 자녀는 힘이 되는, 화살통의 화살인가 봅니다.
어쩌면 저리도 좋아하는 마음, 보고 싶은 마음을 아낌없이 표현하는지.

아침에 침대에서는 엄마 아빠에게 사랑한다는 말을 듣고
"고마워" 세상을 얻은 듯 웃으며 화답하더니
한 번은 엄마에게, 한 번은 아빠에게 안겼다가
작은 손으로 둘 다를 안으면서 세상 행복해합니다.

부모가 자식에게 주는 사랑이
그저 당연한 것이지 생각했는데

이 아이는 크게 감사하고 또 행복해하니
그 감사와 행복을 배워야겠다는 생각이 들었습니다.

이렇게 닮고 싶은 아이에게서 오늘은
"고마워"라는 너와 나의 행복의 한 마디를 배웁니다.

주는 행복, 받는 행복을 서로가 느끼게 해 주는
"고마워"라는 말이 참 소중하다는
'당연한' 사실을 새삼 깨닫습니다.

[말하는 대로] 적은 말

인내하는 만큼
말이 적어집니다.

숙고하는 만큼
말이 줄어듭니다.

겸손한 만큼
말이 적어집니다.

일하는 만큼
말이 줄어듭니다.

말하는 대로 거둡니다.

그런데,
적게 말하면 크게 거둡니다.

일상 통찰

[말하는 대로] 작은 말

오해가 커지고
감정이 격해진 만큼
소리가 커집니다.

과장과 허세가
첨가된 만큼
단어가 커집니다.

오프라인에서 온라인에서
쏟아지는 저 큰 말들이
죄를 키우고 상처를 키웁니다.

말하는 대로 거둡니다.

그런데,
작게 말하면 크게 거둡니다.

다른 사람을 조금도 해하지 않고

다른 사람을 조금도 해하지 않고 살 수 있을 만큼
양심이 예민해지도록 노력해야 한다.
- 오스왈드 챔버스

양심에 찔려서
어필하려던 것을
포기한 적이 있나요?

양심을 체크하면서
딜을 하고 계약을 하며
말을 하고 글을 쓰나요?

양심 체크 기준은
주님 주신 마음과
주님 주신 말씀이
되어야겠습니다.

인터넷이 상용화되다 보니
가해는 쉽게 이루어지는 데 비해서

누가 다치는지는 별로 관심이 없습니다.

그러나 양심은 때와 장소에 따라
차이를 두어선 안 될 것입니다.

내가 드러나든 드러나지 않든
사적인 공간에서든 공적인 공간에서든
내게 유익이 되든 손해가 되든
양심의 잣대는 똑같아야겠습니다.

양심은
우리로 하여금
진실을 보게 하고
회개를 하게 하여
변화를 촉발합니다.

그러므로
우리 모두가
나와 남을
유익하게 하는
공정하고 섬세한
양심(良心)의 소유자가
되기를 소망합니다.

유머가 나올 때

1. 무엇이 중한지 알 때
2. 마음에 여유가 있고 평안할 때
3. 세상과 세상사, 인간과 인간사를 긍정할 때
4. 내가 배려하여 그가 웃는 것이 나의 행복임을 알 때
5. 사안을 폭넓게, 다각도로 바라볼 때
6. 자존심을 버렸을 때
7. 감사할 때
8. 당당할 때
9. 정직할 때
10. 믿음이 확고할 때
11. 창의적일 때
12. 사랑할 때
유머가 나옵니다.

선의에서 비롯된 유머는
늘 선을 만들어냅니다.

유머는 현실로부터 도피할 때가 아니라
오히려 현실을 따뜻하면서도 깊은 시선으로
관찰하고 숙고할 때 나옵니다.

일상 통찰

그래서 유머는 훌륭하게,
조급증과 자존심 대신
침착함과 배려심으로
잘못된 말과 선택을
하지 않게 해주고,
좋은 분위기를 조성하며,
긍정의 마음을 전파하고,
다 함께 현명하게 상황을 판단하며,
서로에게 바람직한 의견과 감정을 내게 합니다.

그러므로 유머는 가장 인간적입니다.
즉 유머는 가장 지성적이고 이성적이고 감성적입니다.
유머가 나올 때 사랑이 나오므로
유머는 인간의 표현 중 최고의 표현입니다.

유머가 만드는
그 여유 있고 유쾌하며 따뜻한 분위기를
떠올리며 웃음 짓게 됩니다.

유머가 나올 때 사람은 가장 아름답습니다.

그 편에서

너무 쉽게,
그 사람을 안다고
말하고 있다는
생각을 했습니다.

그리 친하지 않은 사람은,
그에게 무관심하면서도
그는 이런 사람이다,
내 편에서 매우 용이하게
이미지를 그려 놓았습니다.

친한 사람은,
가까이 있고 날 위해 준다는 이유만으로
그는 이런 사람이다, 이래야 하는 사람이다,
당연하다는 듯 아주 간단히
그와 그의 삶을 정리했습니다.

엄마가 부엌을 좋아했을 것 같지 않아.
너는 여동생의 말을 듣고 있다가 무연해졌다.
너는 엄마와 부엌을 따로 생각해본 적이 없었다.
엄마는 부엌이었고 부엌은 엄마였다.
엄마가 과연 부엌을 좋아했을까?하는

의문을 가져본 적이 없었다.

– 신경숙, 〈엄마를 부탁해〉 중에서

특히 가족과 친구와 이웃에게 그랬습니다.
그중에서도 부모님에게 더욱더, 아니 심하게 그랬습니다.

내가 그들의 마음 속으로, 그들의 삶 속으로
들어가려고 하지 않았기 때문이겠지요.

그렇게 내 마음대로 그려놓고 정리한
그들의 인생을 다른 시각으로 바라봐야겠습니다.

내 편이 아닌 그 편에서.

이야기를 끌어 내는 눈

소통은, 실은
눈과 눈의 대화입니다.

우리는 눈으로 말합니다.

그러므로 공감하지 못하는 이유는
서로 눈을 보지 않기 때문입니다.

자기가 보고 싶은 것만 보고
상대의 눈은 바라보지 않은 채
눈이 아닌 입으로만 하는 말은
대화를 이루어내지 못합니다.

"너는 얘기를 할 때 상대방의 눈의 분위기에 따라서
얘기를 다 하기도 하고 반만 하기도 하는 사람이다.
어떤 눈 앞에서는 너도 처음 해보는 이야기들이
끌려나오기도 했다."
 － 신경숙, 〈엄마를 부탁해〉 중에서.

'이야기를 끌어내는 눈'이라….

상대방에 대해 관심과 애정을 품은 눈이리라.
그리고 실은 자기 자신에 대해서
관심과 애정이 가득한 사람이라면
이미 분위기 있는 눈빛으로
상대를 바라볼 것입니다.

[영화-어바웃 어 보이] 우리는 누군가의 마커스입니다

"인간은 섬"이라고 주장하며
결혼 대신 연애만 하면서
자유로운(?) 삶을 추구하는 프리먼.
우울증으로 힘들어하는 엄마를 위해
뭐라도 해주고 싶은 마커스.

이들의 영화 속 이름이
주제를 상징합니다.

사전을 보면,
프리먼 Freeman:
(노예가 아닌) **자유인**
마커스 Markers:
(무엇의 존재·성격을 나타내는) **표시**
를 의미합니다.

영화에서 프리먼은, '자유인'이란 사실은
'관계 속에서 책임을 져가면서 살아가는 사람'임을 보여 줍니다.

인간은 따로 떨어져 섬처럼 살아가서는 안 됩니다.

애당초 인간은 섬으로 살도록 지어지지 않았기 때문입니다.

하나님은 남자와 여자를 짝지어 주셨고

가정이라는 작은 천국 안에서 기쁨을 누리며 살도록 하셨습니다.

그리고 교회 공동체를 이루어 서로 은사를 발휘하며 성화되도록 하셨습니다.

그렇다면 자기 말대로 섬처럼 살아가던

프리먼은 왜 무기력하고 자신감이 없었을까요?

삶의 의미를 찾지 못했기 때문입니다.

하지만 그에게 의미가 다가왔습니다.

인간에게 의미가 무엇입니까?

인간(人間) 즉 사람들 사이에

존재하는 것 자체가 의미 있는 일이지요.

왜냐하면 사람들(人) 사이에서(間)

살면서 서로 영향을 주고받으며

우리는 성장하고 성숙해지기 때문입니다.

결국 인간은 존재 자체만으로

의미가 있다는 말입니다.

그것을 한 소년, 마커스가

이름으로, 행함으로 보여줍니다.

인간이 그 존재만으로 참으로 소중하다는 것을,

한 인간이 다른 인간들에게 선한 영향력을 끼칠 수 있다는 것을,
그것이 인간의 존재 목적이라는 것을,
우리는 마커스가 겪고 행하는 일을 통해 느끼게 됩니다.

한 사람이 기쁘면 다른 사람들이 기쁘고,
한 사람이 슬프면 다른 사람들이 슬프죠.

엄마 피오나의 아픔이 아들 마커스에게
전해지는 것을 보고 안타까웠습니다.

엄마의 그 아픔으로 인해
마커스가 프리먼에게 도움을 청하고
프리먼은 삶의 의미를 찾는 것을 보면서
우리 각자가 서로에게 주는 의미가
결코 작지 않다는 것을 절절히 느꼈습니다.

내 주변의 누군가가 아프고 외롭지 않도록
나의 하루를 살아갈 수만 있다면
내 인생은 의미가 있을 것입니다.

요컨대 우리는 누군가의 마커스(Markers)입니다.
그리고 우리 각자의 삶은 그 한 소년의 인생 이야기입니다.
오늘도 한 소년의 아름다운 인생 이야기를 써 가기를 소망합니다.

일상 통찰

나를 살리고 그를 살리는 생명의 의견

빈틈을 보일까봐
짐을 떠안을까봐
낮잡아볼까봐
다른 의견을 내기 힘들 만큼
강하게 자기주장을 하는 사람은
결국 나도 그도 소외시키는 것입니다.

골목길 끝까지 몰고 간 그 주장이
내 안에, 그 안에 벽을 치기 때문입니다.
나는 강퍅해지고 그는 답답해집니다.
그렇게 둘 다 삶이 힘들어집니다.

사랑은
"포함(inclusion)"이며 "수용(acceptance)"입니다.
"포용(engagement)"이며 "관용(tolerance)"입니다.

그러나 주장을 앞세우면 인간이 물러납니다.
사람과 사랑이 없는 것입니다.

그러므로 스스로 묻고 나서 말합시다.

"이것은 '인간적인' 의견인가?
인간의, 인간을 위한, 인간에 의한
'생명의 의견'인가?"

즉 우리가
의견을 낼 때는
사랑을 담아야 합니다.
긍휼히 여겨야 합니다.
도움이 되어야 합니다.

자존심 걸고
시시비비 가리는 것은
목숨 걸고
하지 말아야 합니다.

가정과 일터에서 주님의 마음으로
나를 살리고 그를 살리는
"생명의 의견"을 나누는
우리 모두가 되기를 소망합니다.

일상 통찰

눈물이 아닌 미소를

사랑하는 사람에게 상처를 주면서까지
해야 할 일이 있을까요?
사랑하는 사람을 곤란하게 하면서까지
해결해야 할 상황이 있을까요?

참된 삶은
눈물이 아닌 미소를
보게 되는 삶입니다.
웃음이 본질이기 때문입니다.

지쳐하고 짜증 내고 화내면서
우리는 본질을 외면합니다.

마음먹기 전에, 말하기 전에
본질을 묵상해봅시다.
주님이 본질을 바라보게 해 주십니다.
사랑 외에는 아무것도 의미가 없습니다.

미소 짓는 나, 미소 짓게 하는
내가 되기를 간구합니다.

성찰과 성숙

고난을 통해서 인생을 보게 하시는 주님,

고난을 바로 보는 지혜와

고난에 감사하여 이겨내는 인내를 간구합니다.

우리가 갯벌에서 바다까지

향하는 삶의 여정을 걸어갈 때

믿음의 동반자끼리 손을 맞잡고

주님의 멍에를 메고

기쁨과 감사와 소망의 발걸음을

걷게 되기를 간절히 소망합니다.

나의 마음속 미투

미투 운동 중입니다. 미국에서 시작해 다른 나라에도 반향을 일으키고 있고, 우리나라에서도 첫발을 뗐으니 아프고 슬프지만 우리가 반드시 거쳐야 할 이 과정을 함께 헤쳐 나가면서 배려하고 존중하고 화합하는 건강한 사회가 되기를 마음 깊이 기대하게 됩니다.

그리고 지금의 미투 운동이 더 활발해져서 앞으로는 다양한 영역으로 확산되기를 바랍니다.

미투 운동을 촉발한 각각의 범죄 사건은, 당연한 말이지만, 성 범죄와 폭력 범죄의 결합인데, 특히 성폭력은 권력을 쥐었다고 생각하는 자가 폭력을 행사해 성 범죄를 짓는 것이라 사회의 저열한 윤리의식까지 확대해서 생각해야 하는 너무나도 심각한 문제라고 여겨집니다. 상사와 교사는 일과 배움에 도움이 되어야 할 자리인데 그 같은 자리를 범죄 수단으로 이용하기 때문이지요.

물론 성 범죄는 근본적으로 인간의 잘못된 성적 욕구, 잘못된 성적 행동 때문에 저질러지는 것입니다. 수면 위로 드러나지 않아서 그렇지, 성 문제는 고대부터 현대까지 인류에게 가장 큰 문제가 되어 왔습니다. 피해자는 거의 여성이었지요. 특히 성폭력과 간음이 미치는 해악은 이루 말할 수조차 없을 정도로 크고 복잡할 것입니다.

2000년대인 오늘날에 와서야 성폭력이 사회적으로 이슈가 되었으니 성폭력의 뿌리란 극도로 질기겠구나 생각해봐야 할 것입니다. 또한 성문제만큼은 절대로 냄비처럼 식어서는 안 될 것입니다. 남성과 여성이, 강자와 약자가, 인간과 인간이 상호 존중하고 상호 배려하는 문화가 형성되기 위해서는요.

성폭력 예방 교육과 매뉴얼, 고발 기관과 고발 지침 등이 필요할 것입니다. 처벌 수위 또한 강력해야 할 것입니다.
직업인을 직업인으로, 학생을 학생으로 바라보는 기본적인 인식 수립이 되어야 할 것입니다.
정신이 해이해지고 저열해지는 음주 문화가 바로잡혀야 할 것입니다.

저는 현재 일어나고 있는 성폭력에 대한 미투 운동이 계속해서 활발하게 전개되기를 바랍니다.
아울러 우리 사회의 도덕성을 한참 떨어뜨리는 다른 사회 현상에 대한 다른 종류의 미투 운동이 힘차게 일어나기를 바랍니다.

정당한 대가를 지불하지 않고 사람을 부리는 데 대해 미투!
책임을 다하지 않고 오히려 남에게 책임을 미루는 데 대해 미투!
남에게 상처를 준 자가 오히려 상처받은 것처럼 포장하는 데 대해 미투!
예의와 배려는 고사하고 강압과 무시로 자존감을 무너지게 하는 데 대해 미투!
어린이와 어르신을 향한 냉대와 홀대로 더 이상 가정이 붕괴되지 않게 하는 데 미투!
직업과 빈부로 귀천을 따져 가며 불공평하게 서로를 대하는 사회 전반을 드러내는 데 미투!

상업화와 물질주의에 매몰돼 진정한 배움과 자람이 갈수록 사라져 가는 현실을 밝히는 데 미투!

그 밖에도 많은 영역에서 미투 운동이 벌어져야 합니다.

그리고 미투 운동은 반드시 변화를 이끌어 내야 합니다.

미투 운동에 대해 사람들이 가장 우려하는 것은 역시 피해자가 2차 피해를 입을까 하는 점일 것입니다. 상상조차 하기 힘들 정도로 대단한 용기를 보여 준 공표자들이 2차 피해를 입는 것만큼은 사회적으로 필히 막아야겠습니다.

정말로 그렇습니다. 미투 운동은 피해자들의 상처가 점차적으로 치유되고, 가해자의 범죄가 구체적으로 폭로되는 식으로 전개되어야 할 것입니다. 이것은 분명 험난하고 지난한 과제이지만, 포기할 수 없는 우리의 인생 숙제와도 같습니다.

미투 운동을 보면 우리에게는 깊이 생각해야 할 것이 많아 보입니다.

우선, 우리는 누구나 가해자이자 피해자가 될 수 있다는 사실입니다.

가해자에 대한 뉴스가 올라오면 댓글 중에는 가학적이거나 저주를 퍼붓는 악플들이 있습니다. 격노해서 하는 말들이겠지만 사실 우리 모두가 죄인임을 먼저 인식해야 하고, 무슨 일에 대해서든 죄된 말은 내뱉지 말아야 함을 상기해야겠습니다.

(렘7:9)너희가 도적질하며 살인하며 간음하며 거짓 맹세하며 바알에게 분향하며 너희의 알지 못하는 다른 신들을 좇으면서

우리는 살면서 마음으로건 행함으로건 스스로 알게 모르게 도적질/살인/간음/거짓 맹세/우상 숭배를 해 왔음을 깨달아야겠습니다.

그러므로 지금 이 시대에 '#미투'라는 해시태그는 '#나의마음속미투'로도 번져 나가야 할 것입니다.

(마5:28)나는 너희에게 이르노니 여자를 보고 음욕을 품는 자마다 마음에 이미 음하였느니라
(마5:29)만일 네 오른눈이 너로 실족케 하거든 빼어 내버리라 네 백체 중 하나가 없어지고 온 몸이 지옥에 던지우지 않는 것이 유익하며
(마5:30)또한 만일 네 오른손이 너로 실족케 하거든 찍어 내버리라 네 백체 중 하나가 없어지고 온 몸이 지옥에 던지우지 않는 것이 유익하니라

예수님은 우리가 죄에 대해 아무런 합리화/정당화를 하지 못하도록 위와 같이 마음속 깊은 곳을 찌르는, 회개할 수밖에 없는 감사한 말씀을 주시지 않았습니까?

우리는 사회에서 벌어지는 죄악들을 보면서 나의 마음속을 들여다보고 주님 앞에 그것을 꺼내 놓아야 할 것입니다.
이 사회의 악이 안타깝고, 나 자신의 악이 부끄럽습니다.
교만/위선/강퍅/냉담/증오/경멸/질시/태만/무책임/불성실/불평….

죄가 끝이 없습니다. 매일 숱한 죄악과 싸워야 하는 나입니다.
나라는 존재는 죄의 유혹에서 완전히 벗어나지 못합니다.
하지만, 그래서 우리는 생의 결단을 내리게 됩니다.

그렇습니다. 생명을 위한 결단을 내려야 합니다.
마음의 죄, 행함의 죄에 대해 스스로에게 결단의 질문을 던져야 합니다.

'지금 이 순간 주님께 회개하고 주님께 의지할 것인가.'
'지금 이 순간 주님의 뜻 안에서 정직과 헌신을 택할 것인가.'

이것이야말로 나의 마음속에서 진정으로 일어나야 할 '회개와 결단의
미투 운동'입니다.

사회적으로 공분을 살 만한 죄가 폭로되다 보면 '너는 범죄자/나는 비
평가' 구도가 생기기 마련입니다. 어쩌면 크리스천이 가장 유의해야 할
지점이 바로 여기가 아닌가 싶습니다.

사회가 썩어 갈 때, 사회가 아파 할 때 함께 긍휼과 비통과 애통으로 울
부짖고, 사랑의 결단으로 함께 건강한 사회를 만들어 나가는 '오직 긍
정을 향하는 반성들'이 모여야겠습니다.

한 명 한 명의 마음속 미투가 모여서 우리는 서로를 위해 주는 세상을
만들어 나갈 수 있습니다.

주님, 저의 마음속 죄를 드러내 주시고 주님 앞에 무릎 꿇어 울부짖고

회개함으로 죄의 길에서 담대하고 강건하게 돌아서게 하소서. 주님이 내신 그 '생명의 빛의 길'을 따르게 하소서.

이 세상, 이 사회의 죄악을 드러내 주시고 상처를 치유해 주소서. 회개의 역사가 일어나게 하소서. 부끄러움으로 울부짖는 우리 되게 하소서. 주님, 주님의 사랑과 용서를 배우게 하소서. 주님의 사랑과 용서를 따르게 하소서. 주님의 마음 주소서.

(요8:7)저희가 묻기를 마지 아니하는지라 이에 일어나 가라사대 너희 중에 죄 없는 자가 먼저 돌로 치라 하시고
(요8:8)다시 몸을 굽히사 손가락으로 땅에 쓰시니
(요8:9)저희가 이 말씀을 듣고 양심의 가책을 받아 어른으로 시작하여 젊은이까지 하나씩 하나씩 나가고 오직 예수와 그 가운데 섰는 여자만 남았더라
(요8:10)예수께서 일어나사 여자 외에 아무도 없는 것을 보시고 이르시되 여자여 너를 고소하던 그들이 어디 있느냐 너를 정죄한 자가 없느냐
(요8:11)대답하되 주여 없나이다 예수께서 가라사대 나도 너를 정죄하지 아니하노니 가서 다시는 죄를 범치 말라 하시니라
(요8:12)예수께서 또 일러 가라사대 나는 세상의 빛이니 나를 따르는 자는 어두움에 다니지 아니하고 생명의 빛을 얻으리라

쉼과 숨

아인슈타인은 한 줄기 빛 위에 앉아 있는 상상을 한 덕택에
상대성 원리를 발견하게 됐다.
 － 〈생각정리의 기술〉, 드니 르보 외 지음/김도연 옮김, 지형

독일의 유기화학자 케쿨레는 난로 앞에서 졸다가
뱀이 자신의 꼬리를 물고 있는 꿈을 꾸고 나서
분자의 구조를 이해하게 됐다.
 － 〈변화의 언어〉, 폴 바츨라윅, 쇠이유 출판사, 파리, 1980

뉴턴은 졸고 있다가 떨어지는 사과를 보고⋯.

세상의 큰일은 의외로 쉬다가, 졸다가 일어납니다.
휴식과 여행의 가치를 반복해서 강조하는 이유겠지요.

OECD(경제협력개발기구) 34개국 중 근무시간은 2위,
수면시간은 OECD 평균이 8시간 22분, 우리는 7시간 49분.

그런데도 주말과 연휴에는 국내외 여행으로 도로와 공항이 붐비는 나라.
홈쇼핑에서는 명소를 보게 해준다는 패키지여행이 팔려나가고⋯.

휴식과 여행도 쉼 없이 숨 가쁘게 바쁜 우리나라입니다.

바쁘지만 생산적이지 않다면 숨 한번 크게 쉬고 쉬어 봅시다.
머리와 마음에 '숨 돌릴 틈'을 줌으로써 나와 우리를 돌아보고
한 걸음 한 걸음 전진하고 발전하는 우리 되기를 꿈꿉니다.

*"수고하고 무거운 짐진 자들아 다 내게로 오라 내가 너희를 쉬게 하리
라"*(마태복음 11장 28절).

하나님 없는 인문학

'인문학(人文學, humanities)'이
회자된 지도 오래입니다.

인문학은
인간의 가치 탐구와
표현 활동을 대상으로
한다고 하는데
신앙의 유무에 따라
그 내용은 완전히 달라집니다.

시중의 인문학 도서와 강좌를 보면
이를 알 수 있는데
하나님 없는 인문학은
결국 신에 대한 경외와 예배가 없고
자기에 대한 진정한 겸손과 회개가 없는
자아성찰과 자기완성을 논합니다.

그러나
피조물인 인간이
하나님을 바라보지 않고

자기를 이해할 수나 있을까요?

그러므로
하나님 없는 인문학은
공허한 말의 나열에 불과합니다.
인생의 본질을 논한다 하지만
오히려 인생의 진리로부터 멀어집니다.

(전1:14)내가 해 아래서 행하는 모든 일을 본즉 다 헛되어 바람을 잡으
　　려는 것이로다
(전1:15)구부러진 것을 곧게 할 수 없고 이지러진 것을 셀 수 없도다

그래서 무작정 인문학을
숭상하는 세태를
우리는 유의해야만 합니다.

하나님 없는 인문학은
인간 중심 학문에 그쳐
도(道)도, 덕(德)도
세울 수 없기 때문입니다.

(전1:16)내가 마음 가운데 말하여 이르기를 내가 큰 지혜를 많이 얻었으
　　므로 나보다 먼저 예루살렘에 있던 자보다 낫다 하였나니 곧 내 마음
　　이 지혜와 지식을 많이 만나 보았음이로다
(전1:17)내가 다시 지혜를 알고자 하며 미친 것과 미련한 것을 알고자

하여 마음을 썼으나 이것도 바람을 잡으려는 것인 줄을 깨달았도다
*(전1:18)*지혜가 많으면 번뇌도 많으니 지식을 더하는 자는 근심을 더하
느니라

오히려 하나님의 거룩하고 놀라우심과
인생의 헛됨을 고백하며
애통함으로 참회할 때
우리는 비로소 주님 안에서
참된 삶을 살게 되기 때문입니다.

그러므로 이 땅에
하나님 중심의 인문학이
꽃피기를 간절히 소망합니다.

*(사12:2)*보라 하나님은 나의 구원이시라 내가 의뢰하고 두려움이 없으
리니 주 여호와는 나의 힘이시며 나의 노래시며 나의 구원이심이라
*(사12:3)*그러므로 너희가 기쁨으로 구원의 우물들에서 물을 길으리로다
*(사12:4)*그 날에 너희가 또 말하기를 여호와께 감사하라 그 이름을 부르
며 그 행하심을 만국 중에 선포하며 그 이름이 높다 하라
*(사12:5)*여호와를 찬송할 것은 극히 아름다운 일을 하셨음이니 온 세계
에 알게 할지어다
*(사12:6)*시온의 거민아 소리를 높여 부르라 이스라엘의 거룩하신 자가
너희 중에서 크심이니라 할 것이니라

순전함으로

급변하는 현대에는
갈수록 단순한 삶을
많이들 지향합니다.

즉 변화가 빠르고
예측하기가 힘든
이 복잡한 세상에서
단순한 삶이란
이래저래 치인 사람들이
선택한 나름의 대책인 듯합니다.

기존에는 '미니멀 라이프'라며
소박함을 강조했는데
최근에는 '욜로(YOLO: You Only Live Once)'라면서
'미래 혹은 남을 위해 희생하지 않고
현재의 행복을 위해 소비하는
라이프스타일'을 추구합니다.
그러다 보니 취미와 여행이 강조됩니다.

이 땅에서의 삶은 단 한 번뿐이니 어찌 보면

You Only Live Once가 틀린 말은 아니지만

이 욜로의 시류가 생명이 아닌
'사망을 좇는 삶'을 양산하지 않을까, 경계하게 됩니다.

다시 말하자면,
이 욜로라는 개념이 세상적이며 이기적일 뿐인 인생들을
그럴듯하게 포장하는 수단으로 널리 쓰이지는 않을까,
주의하게 됩니다.
그러므로 시대 흐름을 마주하여 우리는 심도 있게 질문해야 합니다.

인생의 의미는 과연 무엇인가?
인생의 결국은 과연 무엇인가?
인생의 가치는 과연 무엇인가?

요컨대
오직 주님의 은혜로 생명을 소유한 자들에게
현재의 가치는 세상의 가치와
구별되어야만 할 것입니다.
성경은 순전이라는 표현을 많이 하고 있는데,
우리가 추구해야 할 삶이 바로 이
'순전한 삶'이라 할 수 있을 것입니다.

(잠30:5) 하나님의 말씀은 다 순전하며 하나님은 그를 의지하는 자의 방
패시니라

순전(純全)**하다**
순수하고 완전하다.

그러므로
단지 단순한 삶이 아니라
예수 그리스도를 본받음으로
'순수하고 완전한 삶'을
추구해야 할 것입니다.

(고후2:17)우리는 수다한 사람과 같이 하나님의 말씀을 혼잡하게 하지
아니하고 곧 순전함으로 하나님께 받은 것같이 하나님 앞에서와 그
리스도 안에서 말하노라

그리하여 진정한 인생의 의미와 가치를
깨닫고 나누는 우리 모두가 되기를 소망합니다.

모든 오늘,
주님 따라 순전하기를
기도합니다.

(요12:3)마리아는 지극히 비싼 향유 곧 순전한 나드 한 근을 가져다가
예수의 발에 붓고 자기 머리털로 그의 발을 씻으니 향유 냄새가 집에
가득하더라

(사12:5)여호와를 찬송할 것은 극히 아름다운 일을 하셨음이니
온 세계에 알게 할지어다
(사12:6)시온의 거민아 소리를 높여 부르라
이스라엘의 거룩하신 자가 너희 중에서 크심이니라 할 것이니라

네 습관이라

저 스스로를 보고, 자녀들을 보면서
"세 살 버릇 여든 간다"는 속담이
하나도 틀리지 않음을 절감하게 됩니다.

습관에는 가치관과 마음자세와 생활양식이
자연스럽게 녹아들게 되기 때문에
삶에서 습관만큼 중요한 것도 없겠습니다.

삶은 곧 습관 그 자체이지요.
즉 각종 습관의 모음이
인생사라 할 수 있습니다.

습관이 중대한 까닭은,
'창조적인 습관'을 가지고 있느냐,
그렇지 않느냐에 따라
삶의 양태 자체가
확연히 다르기 때문입니다.

그리고 그 창조적인 습관이
몸과 마음에 배어 있느냐,

그렇지 않느냐에 따라
삶의 양과 질 모두가
확실히 다릅니다.

그렇다면, '좋은 그리스도인의 좋은 습관'은 무엇일까요?
바로 신앙으로 모든 것을 대하고 행하는 습관이겠지요.

하나님 말씀을 보고 듣고 따름으로써
하나님 보시기에 좋은 '신앙의 습관들'을
개발하고 유지하고 발전시킴으로써
성화의 기쁨을 누리기를 소망합니다.

*(렘22:21)네가 평안할 때에 내가 네게 말하였으나 네 말이 나는 듣지 아
니하리라 하였나니 네가 어려서부터 내 목소리를 청종치 아니함이
네 습관이라*

[인생과 운전] 나와 차

올바른 운전문화 정착을 위해
공익광고협의회에서 제작한
공익광고 한 편이 눈길을 끕니다.

평소에는 좋은 사람으로 보이는
한 사람이 등장하는데
운전대를 잡더니 돌변합니다.

광고는 묻습니다.

당신은 좋은 사람입니까?

그리고 차에 누가 동승했느냐에 따라
장면을 달리하며 더 자세히 묻습니다.

좋은 아빠입니까?
다정한 친구입니까?
친절한 선배입니까?

그렇다면 운전대만 잡으면 왜 돌변할까요?

그 피해가 막대하기 때문에 연구도 했습니다.

1. 운전은 사고의 위험을 방지하기 위해
   예민하게 행해야 하기 때문이다.
2. 나와 차를 동일시하면서
   개인적으로 상황에 개입하기 때문이다.
3. 단지 누구 때문이 아니라 나만의 공간에서
   평소 억눌렸던 감정을 분출하기 때문이다.

의미 있는 관찰입니다.

그런데 각도를 조금만 달리해서
운전에 대해 숙고해 보면 어떨까요?

진심으로 우리가
'나와 차'를 동일시한다면 어떨까요?
정말로 내가 차고, 차가 나라는 인식을 한다면요.

즉 우리는 운전대를 잡고 있는 그 시간 가운데
자기의 인생과 인격을 생각해야 할 것입니다.

예민해질 때, 나만 있을 때는
비단 운전할 때만이 아니기 때문입니다.

아니, 오히려 나의 인생과 인격이

적나라하게 표출되는 것이
운전이라는 생각입니다.
운전 시에 보이는 죄악들이
삶 가운데 나타나지 않을 거라
보장할 수 있겠습니까?

숨겨졌던 위선과 폭력을 여실히 드러내주는 곳이
차(車)인 것이지요. 그게 나인 것이지요.

광고가 묻는 '좋은 사람'이란?
'일관된 사람'이겠지요.

대하는 사람이 누구든
상황이 어떠하든
변함없는 사람.

선은 결코 악에서 나오지 않으니
우리는 늘 '선에서 선을 내기'를
추구해야 할 것입니다.

나 자신뿐만 아니라 가족과 이웃의 평안에
지대한 영향을 미치는 운전을 하면서
다음 말씀을 떠올리며 오히려 운전을,
인생과 인격의 수준을 발전시키는 계기로
삼는다면 어떨까요?

(마12:35)선한 사람은 그 쌓은 선에서 선한 것을 내고 악한 사람은 그
*   쌓은 악에서 악한 것을 내느니라*

요컨대,
운전을 통해
더 좋은 아빠,
더 다정한 친구,
더 친절한 선배가
된다면 어떨까요?

공익광고 한 편을 보며
나는 언제 선한 사람이 될 것인가,
안타까운 반성과 간절한 소망을 해 보게 됩니다.

HOLD ON

지금 당장 일을 해야만 직성이 풀리고
결과는 가급적 빨리 나와야 하는 우리에게
가장 힘든 일은 분명 '기다림'일 것입니다.

그러나 우리가 아래의 진실을 깨닫는다면
기다림이 축복임을 믿음으로
하나님께 겸손히 순종할 것입니다.

우리가 하나님을 기다릴 때 그분은 결과를 조율하시고,
약속이 성취되도록 각 사람과 상황을 배치하신다.
-데비 애커먼, 〈가장 힘든 일 기다림〉

하나님께서
모든 것을 계획하시고, 준비하시고, 주관하신다는
영원불변의 축복의 진리를 받아들일 때
우리는 진정 하나님의 축복의 통로가 될 수 있겠지요.

데비 애커먼의 〈가장 힘든 일 기다림〉의 원제는 HOLD ON인데
저는 이 원제가 기다림의 핵심을 보여준다고 생각했습니다.

일상 통찰

기다림이란 단지 아무것도 하지 않은 채 시간을 보내는 차원이 아닙니다.
HOLD, 즉 하나님의 언약의 말씀을 꼭 붙잡고 있는 겁니다.
ON, 즉 하나님께 계속 꼭 붙어 있는 겁니다.

다시 말하자면,
기다림이란 하나님 말씀을 꼭 붙잡고,
하나님께 꼭 붙어 있는 겁니다.

완벽하신 하나님의 완벽하신 때에
모든 일이 하나님의 뜻하신 바대로
완벽하게 이루어질 것을
믿음으로 기다리는 것이지요.

그래서, 기다림은 아무것도 하지 않은 채
그저 시간을 보내며 기다리는 게 결코 아닙니다.
하나님이 여전히 일하고 계신다는 믿음을
행함으로 보이는 것입니다.

25년 동안이나 이삭의 출생을 기다린 아브라함은
이삭을 제물로 바치라는 하나님의 명령 앞에서도
하나님의 때를 기다리며 하나님의 뜻에 순종했습니다.
그리하여 믿음의 조상으로서 순종의 극치를 보여 주었습니다.
오직 하나님의 완전하심과 선하심과 전지전능하심을
전적으로 믿기 때문에 가능한 순종이었습니다.

우리도 담대하게 'HOLD ON의 삶'을 살기를 소망합니다.
아래 사전에 수록된 HOLD ON의 '멈춤'과 '인내'의 의미대로
살아내는 신앙생활이 되기를 간절히 소망합니다.

hold on

1. 기다려[멈춰]

Hold on! This isn't the right road.
멈춰! 이 길은 맞는 길이 아냐.

2. (곤경·위험을) 견뎌[참아] 내다

They have held on until help arrived.
그들은 구조의 손길이 오기까지 견뎠다.

하나님이 언제나 나와 소통하고 계시는
말씀의 수화기를 무슨 일이 있어도 꼭 붙잡고(HOLD ON)
하나님 말씀을 절대적으로 듣고 믿고 행함으로
기뻐하며 기대하고 축복받는
'승리의 기다림의 사람들'이 되기를 간구합니다.

(눅8:15)좋은 땅에 있다는 것은 착하고 좋은 마음으로 말씀을 듣고 지키
어 인내로 결실하는 자니라

EATOPIA

초대형 쇼핑몰의 대형 먹자타운 명칭이 그 입구에
한 글자 한 글자 크게 머리 위에 박혀 있는 것을 보고
순간 거부감이 들었습니다.

EATOPIA

여러분은 어떠세요?
유토피아가 아닌 이토피아라…

현실에는 존재하지 않는 이상향을 뜻하는 유토피아란 말은 본래
경건한 그리스도인이자 인문주의자였던 토마스 모어가
그리스어의 '없는(ou-)', '장소(toppos)'라는
두 말을 결합해 만든 용어라고 하는데,
과연 이상적인 국가를 의미하는 이 유토피아라는 말에
거침없이 EAT를 갖다 붙여도 되는 건지 모르겠습니다.

"오늘날 우리에게 일용할 양식을 주옵시고"(마 6:11)라고 기도하라고
주님이 '주기도문'을 가르쳐주신 까닭은,
매일의 양식이 오직 하나님께로부터 나오는 것이며,
그러므로 우리는 이 주기도문을 통해

세상이 아닌 주님만을 좇겠다는 결심을 하게 되는데,
작금의 세태는 이러한 "일용할 양식"의 의미는 고사하고
그저 음식을 차리고 맛보는 그 자체에 골몰하는 듯합니다.

어쩌면, 이 같은 세태 때문에
EATOPIA라는 아이디어가 나왔는지도 모릅니다.

어쩌면, 급속한 경제발전으로, 끼니를 굶기도 했던 때에서
넘치게 먹는 때로 넘어오면서
우리네 식문화에는 갈수록 탐욕이 들어가거나,
아니면 개념이 빠져나가는 것은 아닌지 모르겠습니다.
그에 반해 어느 옷가게 한쪽 벽에는
아래와 같은 말이 쓰여 있던데,
EATOPIA와는 격이 다르죠.

LIVE
LOVE
LAUGH
LEARN

만약 먹는 행위에 저 4L이 들어간다면
EATOPIA의 수준은 상승하리라는 것.

먹음으로 살고, 사랑하고, 웃고, 배우고.
즉, 감사함으로 먹는다면…

"딱 한 번만!" 같은 건 없다!

번역 중인 금연 책 〈스탑 스모킹 플랜〉에서 여러 차례 강조하고 있는
내용입니다.

"딱 한 대만!"이라는 담배 같은 건 없다.
현실을 보라. 10만 개의 담배를 보라!

담배를 죄로 바꾸어 읽게 됩니다.

"딱 한 번만!"이라는 죄 같은 건 없다.
현실을 보라. 10만 개의 죄를 보라!

그래서 죄에게 문을 열어 주면 안 되는 것이겠지요.

물론 우리는 죄를 두려워하는 게 아니라
오직 하나님을 경외함으로 선을 행하게 되어
비로소 죄에 문을 열어주지 않게 될 것입니다.

(창4:7)네가 선을 행하면 어찌 낮을 들지 못하겠느냐 선을 행치 아니하
면 죄가 문에 엎드리느니라 죄의 소원은 네게 있으나 너는 죄를 다스
릴지니라

관점의 기적

똑같은 꽃이라도 감탄하면 한층 예뻐 보인다.
똑같은 사람도 좋은 사람이라고 생각하면 더 좋게 보인다.
생각에 따라 세상 풍경이 달라진다.
간단하면서도 신비한 일이다.

- 정연복

참으로 인생을 바꾸고 세상을 바꾸는
경이로운 '관점의 기적'입니다.

한번 당신이 무엇을 보는지 보세요.

엎질러진 물
1. 한 번 엎지른 물은 다시 주워 담지 못한다.
2. 엎지른 물을 닦으면 다시 깨끗해진다.

장미
1. 찔리게 할 법한 가시
2. 아름답고 사랑스런 꽃

일

1. 해치워야 할 고된 노동
2. 세상에 기여하는 소명

사람

1. 나와 생각도 성향도 다른 누군가
2. 사랑받아야 할 나와 똑같은 우리

각 답이 삶의 잣대를 보여 줄 것입니다.

상황(엎질러진 물), 환경(장미), 일, 사람.
우리 삶을 구성하는 네 가지 요소일 것입니다.
결국 인생은 인생관에 따라 확연히 달라집니다.

정연복이 말한 그 '간단하면서도 신비한 일'은
무엇으로부터 발생하게 된 것일까요?
한 마디로 사랑이겠지요.
사랑으로 보면 상황도, 환경도, 일도, 사람도
그저 사랑스러워 보여서
사랑을 주지 않을 수가 없을 것입니다.

모든 오늘,
오직 주님의 은혜로 갖게 된
이 사랑의 관점으로 우리 함께 아름다운 삶을
그려 나가기를 소망합니다.

코끼리에 대해 생각하지 마시오!

의지력을 동원해서 금연하려고 할 때
사람들이 저지르는 실수 중 하나는 바로
흡연에 대한 생각을 마음으로부터 몰아내려고 한다는 것이다.
그 결과 그들은 오히려 그 생각에 사로잡히고 만다.
이는 인간의 마음이 어떻게 작동하는지를 잘 보여준다.
뭐든지 생각하지 않으려고 하면
자동으로 그게 생각을 지배하게 되는 것이다.
코끼리에 대해 생각하지 마시오!
마음에 처음 들어온 게 무엇인가?
〈지침〉
흡연에 대해 생각하지 않으려고 애쓰지 마십시오.

〈스탑 스모킹 플랜〉에 나오는 말입니다.
금연 책을 번역하면서 은혜를 많이 받네요.
위 글에서 '흡연'을 '죄'로 바꾸어 보기를 바랍니다.

어쩌면 우리가 자신의 의지력에 의존하지 않고
주님의 능력에 의존하게 하기 위해
하나님께서 인간의 마음을 역설적으로 주장해 주심으로

겸손이 무엇인지를 깨우쳐 주셔서
우리로 하여금 주님이 보여 주신 그 놀라운 겸손의 축복을
누리게 해 주시는 게 아닌가, 생각해 보게 됩니다.

그러므로 나 비록 연약하더라도
내 마음 주님께 맡겨 드려
하나님이 나를 주장케 하심으로
쓰임받는 승리의 삶을 살게 되기를 간절히 바랄 뿐입니다.

어쩌면 우리가 자신의 의지력에
의존하지 않고
주님의 능력에 의존하게 하기 위해
하나님께서 인간의 마음을
역설적으로 주장해 주심으로
겸손이 무엇인지를 깨우쳐 주셔서
우리로 하여금 주님이 보여 주신
그 놀라운 겸손의 축복을
누리게 해 주시는 게 아닌가,
생각해 보게 됩니다.

핑계를 대적함

정서적 공허감이나 불안감의 근원을 파헤쳐 보면
그 정체를 꼭꼭 숨기고 있는 '핑계'라는 거짓의 죄악을 만나게 됩니다.

이걸 피하거나 감추기 위해서
저걸로 대신하는 게 핑계이지요.

핑계
「1」 내키지 아니하는 사태를 피하거나 사실을 감추려고 방패막이가 되
는 다른 일을 내세움.
「2」 잘못한 일에 대하여 이리저리 돌려 말하는 구차한 변명.

복잡한 마음을 정리하는 대신
몸을 닦고 방을 치우거나

그를 용서하는 대신
용서했지만 연락만 하지 않는 거라 애써 달리 생각하거나

책임과 성실 대신
일기장과 플래너로 삶을 꾸미거나
진정한 변화를 추구하는 대신

외모를 가꾸는 데 열을 올리거나

진심으로 위로하는 대신
판에 박힌 반응을 하기에 급급하거나

분냄을 반성하는 대신
건드려서 그렇다, 남 탓을 하는 것이지요.

주님을 바라보는 대신
남들 시선 의식하느라 몸둘 바를 모르거나

하나님 말씀으로 마음을 채우는 대신
탐욕으로 물건 따위를 채우거나

회개하는 대신
자기 합리화 내지는 자기 세뇌를 하는 것이지요.

이처럼 핑계는 자기 자신을 있는 그대로 보지 못하게 하고
진실되게 하나님께 나아가지 못하게 하는
끔찍한 기만의 장치입니다.

그런데 핑계는 누가 대신해 준 게 아닙니다.
자기가 스스로 만들어 낸 겁니다.
그 같은 사실을 깨닫는 순간 비로소 진실이 보입니다.
나라는 자의 진실이 보이는 겁니다.

그동안 갖은 술수로 온갖 핑계를 대며
나의 실제를 바로 보지 않고 산 것을 회개합니다.

사람 마음의 저 끝까지 꿰뚫어 보시는 주님께 붙잡혀,
있는 그대로의 나를 보지 못하게 하여
나를 나 되게 하지 못하게 하는
모든 종류의 핑계에 대적함으로
정직한 삶을 살게 되기를 간절히 소망합니다.

(잠2:2) 네 귀를 지혜에 기울이며 네 마음을 명철에 두며

갯벌에서 바다까지

고난에 대한 관점만큼 그리스도인을 구별짓는
특징이 또 있을까 싶습니다.
만약 왜 고난이 축복이 되는지를
인생을 통틀어 올바로 깨닫고 체험할 수만 있다면
모든 것을 통해 합력하여 선을 이루시는 하나님의 은혜를 입음으로
크게 쓰임받는 귀한 인생을 살게 될 것입니다.

그러므로 고난을 맞닥뜨리면 어리석은 머리를 쓰려 하거나,
회피하려고 하거나,
불평과 불만을 쏟아놓는 내가 되지 않기를 소망하게 됩니다.
오히려 고난의 때에 하나님의 뜻에 더욱더 순종하는
내가 되기를 소망합니다.

첫째 딸과 갯벌 앞에 섰습니다. 딸이 말합니다.
"저기 바다까지 가요!"
빠지는 발을 꺼내가며 착시현상으로 아주 멀지는 않겠지,
착각했던 저 먼 바다까지 걸어가자니
버거워서 중도에 두 차례 멈추어 딸에게
나름대로 객관적(?)으로 물었습니다.
"다시 돌아갈지 말지 여기서 결정하자.

돌아갈 체력이 될지 확인해야 돼."
하지만 두 번 다 저를 무색케 하는 딸의 답에 놀랐고 기운도 났습니다.
"최선을 다해야지! 여기까지 왔는데!"
결국 딸 덕에 '아빠의 용기'를 조금씩 내고 또 내며
딸 손을 잡고 나아갔습니다.
희한하게도 바닷가는 가도 가도 나타날 줄을 모르는데
중간에, 갯벌인데도 제법 단단한 땅이 나옵니다.
그 굳은 땅이 지친 몸을 쉬게 해줄 안식처로 보여 신나서 소리쳤습니다.
그리고 다시 발이 빠지는 갯벌을 걷고 걸어
정말로 눈 앞에 나타난 살랑이는 바닷물을 마주하는데
절로 기쁨의 소리를 지르게 되었습니다.

보통 바닷가에 놀러 가면 조금만 걸어가도 발을 담글 수 있는데
넓게 펼쳐진 갯벌을 지나서 그처럼 힘들게 바닷물을 느끼면서
인생이란 참으로 이렇게 갯벌에서 바다까지 가는 과정이 아닌가,
생각해 보게 되었습니다.

어쩔 땐 걷다가 발이 푹푹 빠지고,
어쩔 땐 굳어진 땅을 쉽게 걷기도 하고,
그렇게 포기하지 않고 행군을 연속함으로 성취하는 인생의 기쁨.
묘하게도 갯벌은 내가 진 무게(나의 육신과 나의 짐)만큼 걷기가 힘듭니다.
그러나 바다는 변함없이 존재합니다.
나를 기다리는 그 바다까지 가는 게 쉽게 느껴지는가,
어렵게 느껴지는가는 오로지 내 마음에 달려 있습니다.
제게는 바다가 멀어 보였고,

딸에게는 그 바다가 멀든 가깝든 그건 별로 상관이 없어 보였습니다.
그것이 마음의 차이이겠지요.

(마11:28)수고하고 무거운 짐진 자들아 다 내게로 오라 내가 너희를 쉬
  게 하리라
(마11:29)나는 마음이 온유하고 겸손하니 나의 멍에를 메고 내게 배우
  라 그러면 너희 마음이 쉼을 얻으리니
(마11:30)이는 내 멍에는 쉽고 내 짐은 가벼움이라 하시니라

고난을 통해서 인생을 보게 하시는 주님,
고난을 바로 보는 지혜와
고난에 감사하여 이겨내는 인내를 간구합니다.

우리가 갯벌에서 바다까지
향하는 삶의 여정을 걸어갈 때
믿음의 동반자끼리 손을 맞잡고
주님의 멍에를 메고
기쁨과 감사와 소망의 발걸음을
걷게 되기를 간절히 소망합니다.

그리스도인에게 고난이 축복인 이유는
우리를 구속해 주신 주님이 주시는 멍에가
쉽기 때문이라는 진리를 놓치지 않고
주님 안에서 담대하게 승리의 인생을
함께 성취해 나가는 우리 모두가 되기를 소망합니다.

마음의 자유를 위하여

박완서의 저서 〈노란집〉을 보면
젊어서는 서양식이나 퓨전 요리에도 관심을 갖다가
나이가 들어 입맛이 '유턴'을 했다면서
몸살을 몹시 앓을 때 흰죽에 새우젓 ,
그중에서도 유월에 잡은 새우로 담근 육젓을 얹어서 먹고 싶었답니다.

예전같지 않게 귀해진 새우젓을 자식들이 구해다 주지 못하자
서러워서 눈물이 다 날 것 같았다는 그녀는 그러나

**'집착이 괴로움을 낳고 마음의 병이 된다는 것은
그 집착하는 바가 비록 새우젓 꽁다리 같은 하찮은 거라 해도 변함없는
진리가 아닐까'**

고백합니다.

대부분 유달리 집착하는 게 한두 가지쯤은 있겠지만
그 집착이란 것도 유래를 훑어가다 보면
또 다른 공허감과 두려움을 대신하기 위해 택한 것입니다.

물질이든 사상이든,

청결이든 저장이든
무언가에 집착하게 될 때는 그래서
마음속을 들여다보아야 합니다.
마음의 갈급, 마음의 상처를 보아야 합니다.

특히나 누군가가 가족이나 가까운 사람들에게 영향을 받아
마음이 허전하고, 마음이 아팠다면
당사자의 입장이 되어 집착의 유래를 살펴보아야 합니다.

즉 겉으로 드러난 집착의 모습만을 가지고 서로 논박을 하지 말고
속으로 숨겨진 마음의 모양을 가지고 서로 이해를 해야 합니다.
이처럼 나와 그의 집착을 살펴보면서
우리가 상대의 마음을 이해하게 됨으로
우리 가운데 치유와 자유의 열매가 맺히기를 소망합니다.

천국 문을 두드리며

Knockin' On Heaven's Door
천국의 문을 두드려요

Mama, take this badge off of me
I can't use it anymore.
It's gettin' dark, too dark to see
I feel I'm knockin' on heaven's door.
어머니, 내 옷에 달린 이 배지를 떼어 주세요.
나는 더 이상 그걸 사용할 수가 없어요.
보이지 않을 정도로 세상은 어두워지고 있어요.

Knock, knock, knockin' on heaven's door
Knock, knock, knockin' on heaven's door
Knock, knock, knockin' on heaven's door
Knock, knock, knockin' on heaven's door
천국의 문을 나는 두드리고 있어요.
두드려요, 두드려요. 천국의 문을 두드려요.
두드려요, 두드려요. 천국의 문을 두드려요.

Mama, put my guns in the ground

I can't shoot them anymore.

That long black cloud is comin' down

I feel I'm knockin' on heaven's door.

어머니, 이 총들을 내게서 멀리 치워 주세요.

나는 더 이상 총을 쏠 수 없어요.

거대한 검은 구름이 나를 따라오고 있어요.

천국의 문을 나는 두드리고 있어요.

Knock, knock, knockin' on heaven's door

Knock, knock, knockin' on heaven's door

Knock, knock, knockin' on heaven's door

Knock, knock, knockin' on heaven's door

― 밥 딜런, <Knockin' on heaven's door>

가수로서 노벨문학상을 수상한 밥 딜런의 대표곡입니다.

가사를 보면 그리스도인의 "나그네로서의 삶"을 잘 말해 주고 있네요.

나그네는 윗도리에 "배지"(계급과 계층, 부와 명예)를 달고 있지 않고,

바지에는 "총(교만과 이기심, 폭력과 무관용)"을 차고 있지 않습니다.

나그네의 삶은 결코 외롭거나 어둡지 않습니다.

그의 가슴속에 깊이 아로새겨진 믿음과 사랑과 소망이

먹구름을 몰아내고 환한 빛을 자아내는 여행을 이끌어 주기 때문입니다.

매 순간 천국 문을 두드리며 사는
나그네의 삶을 소망해 봅니다.

그리고 나그네인 우리가 함께 아름답고 평화로운
천국을 바라보며 손잡고 나아가기를 바라 봅니다.

이 나그네의 삶을 사는 바로 이 자리가
하나님 나라 곧 천국이겠지요.

**겸손과 온유로 이 하나님의 나라를 누리시는
복된 하루 되기를 소원합니다.**

어리석은 자와 약한 자

"그러나 하나님께서 세상의 미련한 것들을 택하사 지혜 있는 자들을 부끄럽게 하려 하시고 세상의 약한 것들을 택하사 강한 것들을 부끄럽게 하려"(고전 1:27).

불쑥불쑥 똑똑해지고 싶고, 강해지고 싶은 마음이 솟구쳐 오를 때가 있습니다. 지식 앞에서, 돈과 지위 앞에서요.

아니, 그저 어느 평범하고 자그마한 상황이 되었든지 간에 '내가 저 사람보다는 낫지', '내가 왜 이런 대접을 받아야 돼?' 하는 교만한 마음을 품기 일쑤입니다.

그러나 하나님은 사람에 대해 전혀 다른 관점을 가지고 계시기에, 세상 사람들의 생각과는 전혀 다른 방식으로 사람을 쓰십니다.

하나님께서는 왜 위의 성경 구절에서 말씀하듯이 "어리석은 자"와 "약한 자"를 들어 쓰실까요? 바로 그들의 겸손을 보셨기 때문이겠지요.

숱하게 이기심과 교만의 마음을 품는 제 모습을 보면서 참 구제불능이라는 생각을 하게 됩니다. 그래도 그 모습 그대로 주님 발아래 엎드립니다. 매일매일 조금 더 낮아지는 제가 되기를 바라면서요.

누군가 말했습니다.

"왕자의 모습으로 하나님께 나아간 사람은
거지가 되어 돌아가게 되지만,
거지의 모습으로 나아간 사람은
왕자가 되어 돌아간다."

우리 모두가 "섬김을 받는 것이 아니라 섬기러 오신 예수님의 그 마음"
을 닮아가기를 소망합니다.

[인생과 운전] 인생 운전

운전을 해보면
인생을 닮았다는 생각을 합니다.

인생을 경쟁으로 보는 사람은
다른 차보다 앞서가려고 합니다.

이기적인 사람은
자기가 끼면 비키기를 바랍니다.

오해하는 사람은
남이 끼려고 하면 공격한다고 여깁니다.

영역 욕심이 많은 사람은
이 차선 저 차선 걸칩니다.

해를 끼치면서도 태연자약한 사람은
공연히 '칼치기'를 합니다.

성미가 급하고 제 갈 길만 생각하는 사람은
이리저리 휘저으며 과속을 합니다.

빈과 부로 감정이 격해진 사람은
싸다고, 비싸다고 함부로 몹니다.

자기가 원하는 대로 되어야 한다고 생각하는 사람은
앞길이 막히는 것을 용납하기가 어렵습니다.

배려와 봉사를 모르는 사람은
트렁크가 열린 줄 모르는 저 차를 외면합니다.

사람과 세상을 보지 못하는 사람은
풍경은 즐기지 못하고 도착 시간만 생각합니다.

인생이 사람들과 함께 살아가는 것이듯
운전도 사람이 사람들과 하는 것입니다.

서로를 보고 함께 누리는
'인생 운전'을 소망합니다.

[인생의 넛지] TPO 구성의 넛지

백화점은 층마다 고객 입점률을 높일 수 있게끔 매장 구성을 하고,
마트는 고객 선택률을 높일 수 있게끔 제품을 배열합니다.

책 〈넛지(Nudge)〉에는 학교 식당의 음식 배열을 바꿈으로써
학생들이 건강한 식습관을 가질 수 있음을 예시하고 있기도 합니다.

바람직한 넛지 활용의 예시이지요.

이것을 일명 '구성의 넛지'라고 한다면,
마케팅 구매 포인트 혹은 적합한 의상 착용시 말하는 TPO를 잘 구성해
삶을 지혜롭게 쓰는 것을 생각해볼 수 있겠습니다.

Time(시간) Place(장소) Occasion(경우 또는 상황)이지요.

1. Time(시간) : 시간대 혹은 시기
2. Place(장소) : 장소와 만나는 상대
3. Occasion(상황) : 상황과 자신의 역할

1. 시간
자신의 바이오 리듬과 인생 타이밍을 잘 알아야

알맞은 시간대에 알맞은 행동을 할 수 있을 것입니다.

아침형 인간인지 저녁형 인간인지,

현재 시점에서 우선으로 삼고 행할 것이 무엇인지 파악하는 것이지요.

2. 장소

어디에서 누구와 일하는지도 고려해야 합니다.

의욕이 샘솟고 역량이 나오는 곳이고, 나오는 사람인지

계속해서 더 알맞은 장소를 찾기 위해 연구해야 합니다.

3. 상황

상황은 결국 자신이 만드는 것입니다.

그 상황에서 나의 역할이 과연 무엇일까 사려 깊게 고민해보아야 합니다.

이웃을 위해, 나 자신을 위해 이 상황에서 내가 할 일이 무엇인지

끊임없이 고민함으로써 우리는 최적의 제 자리를 찾게 될 것입니다.

오늘 나만의 TPO를 구성해야겠습니다.

일상 통찰

[영화-어바웃 타임] 시간과 유머

시간에는 인생이 기록되고,
그 기록이 모여 역사를 이룹니다.
개인과 가정과 사회는
그 같은 '시간의 역사물'로서의 존재입니다.

이것이 시간의 가치입니다.
그 시간 하나하나를 눈여겨보면
내가 나에게, 내가 그에게, 그가 나에게
영향을 미치고 있습니다.

'다시 돌아가고 싶은 순간?'
누구에게나 있지 않을까요?
잘못된 선택을 했던 그때, 그때, 그때….

잘했든 잘못했든 그 시간들이 모여
지금의 나를 형성했습니다.

영화의 말미에 시간 여행 능력자 팀은
더 이상 시간 여행을 하지 않는다면서 말합니다.

"인생은 모두가 함께하는 여행이다.
매일매일 사는 동안
우리가 할 수 있는 건
최선을 다해
이 멋진 여행을 만끽하는 것이다."

팀과 아주 잘 어울리는 아내 메리의
말도 새겨들을 만합니다.

"미래에 대해 걱정하는 건
풍선껌을 씹어서 방정식을
풀겠다는 것만큼이나
소용없는 짓이라고 했다."

그리고 영화는 시간을 귀히 여기라는
다음의 대사를 남겨줍니다.

"매일매일 열심히 사는 것,
마치 그 날이 내 특별한 삶의
마지막인 것처럼."

내게 주어진 시간에 대해
더 이상은 미안해지지 말아야겠습니다.
나와 함께 시간 여행을 하고 있는
사람들과 이 멋진 여행을 누려야겠습니다.

일상 통찰

이 영화가 준 또 하나의 교훈은
'유머'의 소중함입니다.

영화 속 그들은
서로가 함께하는 시간들을
유머로써 밝게 만듭니다.

시간이 우리에게 요구하는 것도
유머가 아닐까요.

유머는
걱정이 아닌 긍정을
소외가 아닌 포용을
선택하니까요.

따뜻하게 유쾌하게 기발하게,
유머러스한 인생을
함께 그려나가고 싶습니다.

함께하는 이 시간은
다시는 돌아오지 않기에
지금의 우리에게
몰입해야겠습니다.

아내의 귀여운 미소와

아버지와 치던 탁구와
아이의 앙증맞은 모습….

못내 아쉬워하지 말고
혼자 그리워하지 말고
함께 누려야겠습니다.

각각의 시간은 모두 다
처음 대면하는 순간이라
서툴진 몰라도
마음을 다해야겠습니다.

시간과 유머,
보물입니다.

소소하지만 확실한

'소확행'이라는 말을 들었을 때 '참 괜찮은 말이네.' 생각했습니다.
'소소하지만 확실한 행복'이라⋯.

안 그래도 인생이 흐를수록 '큰일은 없는 거다.', '설령 큰일이라고 할
만한 일이 일어나도 작은 일처럼 대하는 것이 좋다.' 생각하게 되는데,
소확행이 무엇인지 알고, 소확행을 느낄 줄 알고, 그 앎과 그 느낌이 차
곡차곡 쌓이면 인생 참 행복하겠구나, 생각하게 됩니다.

제게는 소확행이 여럿 있는데, 그 가운데서도 최고의 소확행은 '욕조에
너무 뜨겁지도 미지근하지도 않은 적당한 온도의 물을 받고, 몸을 푹
담그고, 읽고 싶은 책을 펼쳐 들고, 삼색 볼펜 들고 밑줄 긋고 메모하는
것'입니다. 저 행위 중에 무엇 하나라도 빠지면 서운합니다. 이 소중한
소확행의 시간에 저는 마음의 여유를 느끼고, 삶의 지혜를 얻고, 살아
갈 힘을 얻습니다.

그런데 서울대 소비트렌드 분석센터의 2018년 대한민국 소비트렌드로
선정된 '소확행'의 의미를 살펴보면, '주택 구입, 취업, 결혼 등 크지만
성취가 불확실한 행복을 좇기보다는, 일상의 작지만 성취하기 쉬운 소
소한 행복을 추구하는 삶의 경향 또는 그러한 행복'을 뜻합니다.

사실은 소확행이 쌓여서 성취가 큰 일이 이루어지는 법인데, 마치 살면서 우리가 하는 일들을 대사(大事)/소사(小事) 구분하는 것처럼 보여 안타깝습니다. 소확행은 큰일을 두려워하거나, 큰일을 피하면서 얻는 게 아닐 텐데요.

이와 더불어 작금에 미디어를 통해 보여지는 소확행의 안타까움은, 그 소소한 행복이 감사함까지 미치지 않을 수도 있겠다는 것입니다. 우리가 나의 취향, 나의 여유, 나의 시간, 나의 공간을 강조하다 보면, 내게 허락된 것들에 대한 감사를 놓치기 쉽습니다.

또 하나, 소확행이라고 해서 그것이 꼭 나만의 것으로 그쳐야 하는 법은 없을 것입니다. 그 소확행의 시간을 통해서 성장하여 남에게 이로운 영향을 미칠 수도 있고, 애초부터 다른 사람과 함께하는 시간 가운데서 소확행을 발견하고 발전시킬 수도 있을 것입니다.

저는 개인적으로 열심히 일한 나에게 주는 작은 휴식 같은 것을 소확행으로 누리는 것이 하루를 보람차게 보내는 하나의 방법이 될 수 있겠다, 생각합니다. 사실 우리는 굉장히 다양한 소소한 것들에 만족하며 살 수 있습니다. 단지 그 작은 것을 소확행으로 대하느냐, 그저 그런 일상으로 대하느냐는 온전히 나의 마음가짐에 달려 있겠죠.

우리 삶 가운데 소소하지만 확실한 행복이 있기를, 그리고 그 소확행 안에 감사와 성장과 나눔이 있기를 바라 봅니다.

(대상16:34)여호와께 감사하라 그는 선하시며 그 인자하심이 영원함이
　로다

어린아이 됩시다

어른 되지 맙시다.
눈치 보고 셈하는
어른 되지 맙시다.

어린아이 됩시다.

사랑받을 줄 알고
사랑할 줄 아는
어린아이 됩시다.

툭 치면 웃는
어린아이 됩시다.

어린 우린
행복하고
행복 줄 겁니다.

이렇게 매일
더 어려지기를
간구합니다.

일상 통찰

소명과 헌신

못 한다고 말하면

안 하게 되고

안 하면

못 하니

못 한다는 말 대신

못할 게 뭐가 있나

난 할 수 있다!

선포해야겠습니다.

그럼으로써 도전하고 연구하겠지요.

어린아이의 선언

꿈은 하늘처럼
마음은 해처럼
생각은 별처럼

둘째딸 어린이집 앞에
붙어 있는 표어입니다.

인간이란 참으로 이 일 저 일에 심히 갈팡질팡하는 존재라
저 표어대로 일관되게 살기가 너무나도 힘들지만
정말로 저 표어를 가슴속에 새기고
매일을 살기를 절실히 바라게 됩니다.

사랑을 위한 원대한 꿈을 꾸고,
밝은 마음으로 매사를 보고,
창의적으로 생각하며 행한다면
인생은 필히 바뀔 것입니다.

인생을 대하는
시야와 관점이 확
달라질 테니까요.

소명과 헌신

그러므로
'어린아이의 선언'과도 같은
저 표어를 상기하면서
지금 내가 꾸고 있는 꿈,
내 마음의 모습,
종일 하는 생각들을
점검하고, 새로운 다짐을 해 봅시다.

옳은 일을 하는 것이

"옳은 일을 하는 것이
일을 올바르게 하는 것보다 중요하다."

– 피터 드러커

우리가 일을 할 때,
일단 빨리 그게 '일'이라면 추진부터 하고 나서
그다음에 일을 좀 제대로 해 보려고 애쓰지 않습니까?

이것은
결과 중심의 사고,
오로지 이익만 내면 된다는 이기적 욕심,
마음의 중심이 없는 세상적 조급증 때문이겠지요.

그러나
우리가 일을 제대로 하려면
먼저 올바른 일부터 선택을 해야 합니다.
그리고 나서 그 올바른 일을 올바로 하겠다, 결단을 해야 합니다.
그리고 그 결단대로 행해야 합니다.

하지만
일의 선택부터 그르치면
그다음부터는 도무지 기대할 것이 없습니다.

그러므로
우리는 일하고자 하는 바로 그때,
하나님 앞에 서서 하나님께 구함으로
하나님의 공의로우심 안에서 일을 택하고
일을 행하게 해주시기를 기도해야 할 것입니다.

이렇게 우리가 서로 하나님의 뜻 안에서 일할 때
다 함께 힘을 모아 '선한 일을 선하게 행함'으로
선하게 유익을 얻고 선하게 영향을 끼칠 것입니다.

(창18:25)주께서 이같이 하사 의인을 악인과 함께 죽이심은 불가하오며
의인과 악인을 균등히 하심도 불가하니이다 세상을 심판하시는 이
가 공의를 행하실 것이 아니니이까
(신16:20)너는 마땅히 공의만 좇으라 그리하면 네가 살겠고 네 하나님
여호와께서 네게 주시는 땅을 얻으리라

실수 이후

같은 실수도 누군가는 감추기 바쁘고,
누군가는 내면의 키가 한 뼘쯤 자란다.

    - 박광수

실수 없는 인생이 있습니까?
누구나 실수합니다.

하지만
'실수 이후'는 다릅니다.

실수에 무심한 자와
실수에 열심인 자.

실수에 무심한 자는
실수를 돌아보지 않습니다.
그래서 실수는 마음속에 남지를 못합니다.
단지 창피함과 실패함으로 스쳐 지나가고 맙니다.

그러나
실수에 열심인 자는

실수에 대해 겸손해하며
실수를 통해 더 나아지고자 노력합니다.

그리하여
실수가 마음속에 중요하게 자리를 잡습니다.
실수가 삶의 지혜로, 성장의 원동력으로 변화하는 순간입니다.

당신의 '실수 이후'는 어떤가요?

청춘의 용기와 끈기는

한 대학교수가 SNS에 올린 글을 보고 부끄러웠습니다.
(관련 기사: http://news.hankyung.com/article/2017071761111)

그 글은 전쟁 전후 세대가 땀 흘려 일군 이 나라에서
희망과 감사보다는 절망과 불만의 목소리를 내는
청년들을 향한 안타까움의 외침이었습니다.

그 외침은 특히나 고속 경제성장의 산물을
본격적으로 누리게 된 세대인
제게(저는 40대입니다) 많이 와 닿았습니다.

그는 이 땅을 돌아보라고 묻습니다.
커피숍, 배낭여행, 컴퓨터 게임을
왜 누리게 되었는지 생각해보라고 말합니다.

'내 자식만큼은 잘 먹고 잘 살게 하겠다',
'땀 흘리는 힘든 일 말고, 공부시켜서 성공하게 하겠다'
그저 앞만 보고 묵묵히 일한 우리의 조부모님과 부모님들은
누구 하나 빼기 힘들 만큼 저 똑같은 생각으로 사시지 않았습니까?

그런데, 안 그래도 인간은 간사하고 교만하며 유약한지라
자기 스스로 땀을 흘려보지 않고는 감사함을 모르며
맨 땅에서 맨 주먹으로 일어서보지 않고는
도전정신이 자라지 않습니다.

물론 경제대국으로 올라선 오늘도 빈부 격차는 상존하지만
우리는 분명 과거에는 상상조차 할 수 없던 것들을 누리는
'평균적 대성장'을 이룬 것이 사실입니다.

기념일에 짜장면 먹던 시대에서
평소에도 고기 부위를 골라서 사먹는 시대로
뭐든지 손수 하며 살아야 했던 시대에서
온갖 기계들이 편리를 제공해주는 시대로
주말에도 일에서 손을 떼지 못하던 시대에서
주 5일제와 해외여행의 시대로
그야말로 격세지감, 상전벽해의 일대 변화 아닙니까?

그나마 한 나라의 이러한 급격한 변화 과정을 목격한 세대도
근성이 별로 없는데 그 세대의 자식들은 오죽하겠습니까?

부족이 행함의 원동력이고, 도전이 삶의 기본이며,
절약이 부의 근원임을
가르쳐주는 사람들이 갈수록 줄어들고 있으니
'청춘의 용기와 끈기'는 영화 속에서나 볼 수 있는
비현실적인 덕목이 되어가는 건 아닌지 모르겠습니다.

사회 분위기는 '꼰대'가 되지 말아야 한다고 압박하지만,
아무래도 이 시대에는 강인함과 인내심을 전수해줄 어른이 필요한 것
같습니다.

고생하신 분들 덕분에 편해진 이들 중의 한 명으로서
윗세대, 아랫세대 모두에게 부끄러움을 느낍니다.

윗세대의 땀과 눈물을 닦아드리고,
아랫세대와는 함께 땀과 눈물을 흘려야 하는데….

힘내고, 아끼며 살아야겠다는 생각입니다.
감사하고, 도전하는 삶을 살아야겠습니다.

부족이 행함의 원동력이고,
도전이 삶의 기본이며,
절약이 부의 근원임을
가르쳐주는 사람들이
갈수록 줄어들고 있으니
'청춘의 용기와 끈기'는
영화 속에서나 볼 수 있는
비현실적인 덕목이 되어가는 건 아닌지
모르겠습니다.

선한 일을 위하여

"우리는 다양한 직업과 기술을 가진 평신도가
일터에서 마주치는 기회를 십분 활용할 수 있어야만
비로소 영국의 복음화가 이룩되리라고 믿는다."

─〈영국의 복음화를 향해〉(1945) 중에서

"만일 기독교인이 깨어 있는 시간의 60~70%를 보내는 일터에서
하나님의 말씀을 액면 그대로 믿고 삶에 적용한다면
과연 어떤 일이 일어날까?"

오스 힐먼의 저서 〈일터 사역〉은 위의 질문으로 시작합니다.

이어서 힐먼은 말합니다.

"조사에 따르면, 전체의 90%가 넘는 신자가 기독교 신앙을
일터에 적용할 수 있는 방법을 교회에서 배우지 못했다고
느끼는 것으로 나타났다.
결국 신자들은 직장에서 그리스도의 군사로서
능력 있는 삶을 살지 못하고 있다.
이런 현상은 세속 문화가 하나님 나라의 영적 근간을
계속해서 침해하는 결과를 낳고 있다."

(벧후1:10)그러므로 형제들아 더욱 힘써 너희 부르심과 택하심을 굳게 하라 너희가 이것을 행한즉 언제든지 실족지 아니하리라

(벧후1:11)이같이 하면 우리 주 곧 구주 예수 그리스도의 영원한 나라에 들어감을 넉넉히 너희에게 주시리라

소명(부르심)의 발견은 그래서 우리의 사명이기도 합니다.
그러나 사탄은 이 소명을 영적인 눈으로 보지 못하게 합니다.

〈일터 사역〉에는 사탄이 주로 사용하는 네 가지 거짓말이 나와 있습니다.

거짓말 1) 우리의 직업은 신령하지 않다. 그것은 단지 교회에 바칠 헌금을 벌어들이는 수단일 뿐이다.
거짓말 2) 우리의 직업은 영적 권위를 지니지 않는다.
거짓말 3) 우리의 세속 직업과 교회의 사역은 서로 별개다.
거짓말 4) 교회의 울타리 안에서 이루어지는 것만이 '사역'이다.

그러나 성경은 가르쳐 줍니다.

(골3:22)종들아 모든 일에 육신의 상전들에게 순종하되 사람을 기쁘게 하는 자와 같이 눈가림만 하지말고 오직 주를 두려워하여 성실한 마음으로 하라

(골3:23)무슨 일을 하든지 마음을 다하여 주께 하듯 하고 사람에게 하듯 하지 말라

(골3:24)이는 유업의 상을 주께 받을 줄 앎이니 너희는 주 그리스도를 섬기느니라

그렇습니다.

일은 곧 섬김입니다.

'노동'이라는 말도 '경배'를 의미하는

히브리어 아보다에서 유래했습니다.

이 섬김으로서의 일을 우리가 하는 목적은 무엇입니까?

(엡2:10)우리는 그의 만드신 바라 그리스도 예수 안에서 선한 일을 위하
여 지으심을 받은 자니 이 일은 하나님이 전에 예비하사 우리로 그
가운데서 행하게 하려 하심이니라

일을 하면서 그저 일이라서 하거나, 돈을 벌어야 하니까 하거나,

다른 걸 잊으려고 하거나, 명예를 위해 하거나, 하는 순간들이 있습니다.

이렇게 선한 일을 위한다는 소명의식 없이 일을 하게 될 때는

늘 예외없이 하나님과의 관계가 멀어져 있습니다.

하나님과의 관계가 멀어졌다는 것은 곧

하나님이 부르신 자리에 있지도,

하나님께 영광을 올려 드리지도 않음을 의미합니다.

저서 〈하나님을 경험하는 삶〉에서 헨리 블랙커비는

삶의 목적을 발견하려면 하나님이 이미 행하고 계신 일에

동참해야 한다고 안내해주고 있습니다.

참으로 그렇습니다.

우리는 하나님과 관계 맺는 삶을 살아감으로써

이미 그분이 행하시고 계신 일에 동참할 뿐입니다.
그러므로 겸손히 성실하게 하나님을 섬기는 것,
이것이 일에 대해 우리가 가져야 할 마음자세입니다.

〈당신의 일은 하나님께 중요하다〉의 공저자
더그 셔먼과 빌 헨드릭스가
500명의 기독교인을 대상으로 한 설문조사에서
자신의 일에 불만을 느끼는 사람이
전체의 50%에 달하는 것으로 나타났는데,
만약 기독교인들이 하나님 말씀에 순종함으로 일을 대하고 행함으로써
소명을 발견하고 마침내 하나님의 일하심에 동참하여
자신의 일에 만족한다면
분명 전도와 성화에
크고도 아름다운 변화가 일어날 것입니다.

그러므로
익히 말해온 것처럼
'일한다'보다는 '섬긴다'는 말로
노동으로써 주님을 경배해야겠습니다.

그리하여
'섬김'이란 곧 '사랑'임을 믿음과 행함으로 보이는
주님의 일꾼들이 되기를 소망합니다.

빈곤 속 풍요

라비 메흐타 일리노이대 교수와 맹 주 존스홉킨스대 교수는 '자원'과 '창의'의 상관관계를 실험했는데, 실험 참가자들 중 A그룹에는 특정한 무언가를 지정해주면서 그것이 풍족했던 경험, 반대로 B그룹에는 그것이 부족했던 경험을 쓰게 했습니다.

그다음 모든 참가자들에게 다양한 과제를 수행하도록 했는데 예를 들면 블록으로 장난감을 만들거나 벽돌을 창의적으로 사용해보게 하는 등 기존 연구에서 사용됐던 창의성 측정 과제를 수행하게 한 것입니다. 그 결과 자원이 부족하다는 느낌을 떠올린 사람들(B그룹)이 더 창의적으로 과제를 수행한다는 사실이 관찰됐습니다.

그동안 미뤘는데 어제 드디어 아이들의 장난감을 정리했습니다. 받은 것, 사준 것 포함해 잡다한 것들을 버리면서 이것들이 아이들의 사고(思考)를 막지는 않았을까, 생각해보게 되었습니다. 특히 찰흙으로 모양을 찍어내는 틀을 버리면서 그랬습니다. 거의 다 버리고 블록은 남겨두면서 그랬습니다.

수많은 기성품(완성품)은 구색과 기능을 갖추고 있어서 그것들을 가지고 별다르게 할 게 없습니다.

그러나 찰흙만, 블록만 갖고 있다면 그걸로 무얼 만들까 연구하고 시도하면서 흥미와 성취감을 느끼겠지요.

이것이 바로 위 실험에서 보여준 '자원 부족'의 힘일 것입니다. 즉 빈곤할수록 도전한다는 것.

경기는 좋지 않아도 키즈 마케팅은 여전히 위력을 발휘하고 있는 듯한데 많은 부모가 아이에게 채워주면서 만족을 느끼기 때문이 아닐까 싶습니다.
그러나 아이는 물질이 채워질수록 생각은 비워지는 법. 아이를 키우면서 절실히 느꼈습니다.
어른이라고 다를까요? 힘들수록 치열해지는 경험을 해보면서 우리는 궁핍의 소중함을 깨닫게 됩니다. 그래서 '헝그리 정신'만 있다면 뭐든 할 수 있다고 말들 하지 않습니까. 그래서 고난이 축복이 되는 게 아니겠습니까.

창의(創意)
「명사」
새로운 의견을 생각하여 냄. 또는 그 의견.

창의적인 삶은 새롭게 사는 삶입니다. 아니, 매일이 새롭게 주어지니 당연히 새롭게 살아야 하므로 우리는 창의적으로 인생을 살아가야겠습니다. 그러려면 부족해야 합니다. 영적으로도 마찬가지입니다. 갈급해야 합니다. 새로움을 소망하는 만큼 우리는 갈급해지니까요.

'창의'와 '자원'의 관계에 대해 생각하면서 어린 시절 매주 빼놓지 않고 재밌게 보았던 미국 드라마 〈맥가이버〉가 떠올랐습니다. 예전에는 어디서나 도구와 해결책을 찾아내는 사람의 대명사가 '맥가이버'였는데요. 도저히 마땅히 해볼 만한 게 없는 상황에서도 맥가이버는 고민하고 찾아내고 해냅니다.

지금, 물질적으로건 영적으로건 부족하다면
이렇게 생각해보면 어떨지요.

"나는 내 인생의 맥가이버다!"

물론 우리를 맥가이버로 써주시는 분은 하나님이시지요.
그리고 실은 하나님은 우리를 위한 모든 상황을 예비해두고 계시니
우리는 이미 성공한 맥가이버들입니다.

새로운 오늘,
가난이 성취가 되고,
고난이 축복이 되는
이 오묘한 신비를
다 함께 체험하기를 소망합니다.

기름 부음 받은 대로

자신의 기름 부음을 알 수 있는 가장 좋은 방법은
힘들이지 않고 쉽게 나타나는 재능이 무엇인지 찾아내는 것이다.
은사는 쉽고 자연스럽게 드러난다.
애써 힘들일 필요가 없다.
은사는 있으면 있는 것이고, 없으면 없는 것이다.
만일 애써 힘을 들여야만 그 은사가 발휘된다면
그것은 자신의 고유한 은사가 아니다.
자신의 고유한 은사가 아닌 일을 하는 경우에는
금방 피로가 찾아오고, 흔히 '내면의 죽음'으로 일컬어지는
영적 무기력 상태에 빠지게 된다.

— 켄델(R. T. Kendall), 〈기름 부음: 어제와 오늘과 내일(The Anointing: Yesterday, Today and Tomorrow)〉 중에서

2017년 경제협력개발기구(OECD)가 발표한 행복지수에서 우리나라는 32개국 중 31위, 미래를 책임질 어린이들의 행복지수는 OECD 조사 대상국 22개국 중 20위였습니다.

행복지수는 국내총생산(GDP) 등 경제적 가치뿐만 아니라 삶의 만족도, 미래에 대한 기대, 실업률, 자부심, 희망, 사랑 등 인간의 행복과 삶의

질을 포괄적으로 고려해서 산출하는 지표입니다.

저는 우리나라가 재능을 찾고, 키우고, 사용하도록 하는 분위기 자체가 조성되어 있지 않고, 도리어 재능에 상관없이 일단은 명문대에 보내고 보자는 식의 목적의식이 부재한 교육 풍토가 행복지수를 낮추는 데 큰 영향을 미쳤으리라 짐작합니다.

일이 삶에서 가장 큰 비중을 차지한다고 볼 때 일에 대한 불만족은 삶의 만족도, 미래에 대한 기대, 실업률, 자부심, 희망, 사랑 등 인간의 행복 및 삶의 질과 직결되는 모든 행복지수 측정 요소에 영향을 끼치지 않을 수 없을 것입니다.

고로 단순하게 말하자면 재능을 발견하여 그에 맞게 일하도록 스스로 노력하고 주변에서도 돕는 사회로 발전된다면 우리나라의 행복지수는 크게 향상되리라 예측해봅니다.

캔델은 말합니다.
힘들이지 않아도 자연스럽게 드러나는 게 바로 '은사'라고.

은사(gift)는 하나님께로부터 받은 것이기 때문에 이미 내 안에 존재하고 있는 것이지요.

이 은사에 따라 일을 하면 자기 자신뿐만 아니라 이웃에게도 큰 유익이 됩니다.
그러나 주변을 보면 안타깝게도 아직 자신의 은사를 발견하지 못해서

일상 통찰

또는 경제적인 이유로 맞지 않는 일을 하면서 삶에 재미를 느끼지 못하는 사람들이 많습니다.

물론 각자가 자신의 은사를 찾게 해달라고, 키우게 해달라고, 쓰임받게 해달라고 하나님께 묻고 구해야겠지만, 가정에서, 교회에서, 학교에서, 직장에서 서로 은사를 발견하고 서로 은사에 감사해하면서 각자 받은 은사대로 더욱더 쓰임받도록 격려하고 권면해야겠습니다.

저도 제 은사와 맞지 않는 일들을 하면서 힘들어했는데, 어제도 오늘도 내일도 자기에게 맞지 않는 일을 인내하며 해내는 사람들을 위해 기도합니다. 그들에게 주신 은사가 주님의 몸된 교회를 이루어가는 데 쓰임받을 수 있도록 기도합니다.

(롬12:6)우리에게 주신 은혜대로 받은 은사가 각각 다르니 혹 예언이면 믿음의 분수대로,
(롬12:7)혹 섬기는 일이면 섬기는 일로, 혹 가르치는 자면 가르치는 일로,
(롬12:8)혹 권위하는 자면 권위하는 일로, 구제하는 자는 성실함으로, 다스리는 자는 부지런함으로, 긍휼을 베푸는 자는 즐거움으로 할 것이니라

사랑의 질문

미래학자 대니얼 핑크는
다음의 세 가지 질문을
조직에서 자주 던지라고 제안합니다.

1. "요즘 무슨 일을 하고 있나요?"
2. "그 일을 하는 데 뭐가 필요한가요?"
3. "제가 도와드릴 게 있을까요?"

핑크는 조직에서 이 세 가지 질문이 오간다면
조직 문화가 크게 달라질 거라고 말했습니다.

위의 세 가지 질문은
비단 기업 조직에서만 빛을 발하는 게 아닐 것입니다.
가정에서 부모가 자녀에게 하기에도 매우 적절해 보입니다.

그뿐이겠습니까?
실은 어디서든 저 세 질문이 유익을 가져올 겁니다.

저 질문들에는
관심과 배려가 담겨 있기 때문입니다.

일상 통찰

또한 겸손합니다.

당신에게 관심이 있고, 당신을 도와주고 싶어서
경청하는 질문입니다.

즉, '사랑의 질문'입니다.

내 이야기, 내 일 이야기를 하느라 바빴다면
이제 저 세 질문으로 이웃에게 다가가야겠습니다.

결국 평소에 가정에서, 이웃에게
저 사랑의 질문들을 자주 해본 사람이
직장에서도 그렇게 할 것입니다.

물론 형식적인 차원이 아니라
내 삶의 기본자세로서 취하여 질문을 할 때
서로가 서로를 더 잘 알고, 더 잘 돕는
획기적인 변화가 일어날 것입니다.

어둔 밤 쉬 되리니

에디슨을 자세히 알면 알수록
일의 진수가 무엇인지를 알게 됩니다.

1만 번의 실험과 실패,
그러나 믿음으로 포기하지 않고 해내는 도전정신.

대규모 실험실이 불탔으나 구조되어 목숨을 부지하고 나서
모든 시도의 흔적이 사라진 폐허 앞에서
아들과 사람들에게 에디슨은,

"어젯밤 불로 나는 하늘에 감사하게 되었습니다. 우리가 지난 날 범했던
모든 실수가 어젯밤 불로 모두 소각되었습니다. 이제 앞으로 우리는 이
땅 위에서 다시 한번 더욱 완벽하고 더욱 앞서나가는 실험실을 세울 수
있게 되었습니다."

라고 자신 있게 선포했습니다.

에디슨의 생애를 살펴보면
자신감에서 비롯된 '긍정'과
인내를 가능케 하는 '집념'을

배울 수 있습니다.
요컨대, 그의 인생은 '성실'이라는
한 마디로 표현할 수 있을 것입니다.

에디슨은 말했습니다.

"우리는 그 무엇에 대해서든 1억 분의 1도 모릅니다."

에디슨의 이 말에서 성실을 부르는 것이
바로 겸손임을 깨닫게 됩니다.

인생에서 이 성실만큼 중요한 게 또 있을까요?

찬송가 330장(새찬송가)은 우리가 왜 성실해야 하는지
절실히 부르짖고 있습니다.

게으른 몸과 맘을 쳐서 일어나야 할 이유입니다.
죄 된 몸과 맘을 쳐서 깨어나야 할 이유입니다.
인생에서 성실이 전부임을 자각했으면서도
게으름의 유혹에 수시로 붙잡힐 때면
찬송가 330장을 불러야겠습니다.

어둔 밤 쉬 되리니
네 직분 지켜서
찬이슬 맺힐 때에

즉시 일어나
해 돋는 아침부터
힘써서 일하라
일할 수 없는 밤이
속히 오리라

어둔 밤 쉬 되리니
네 직분 지켜서
일할 때 일하면서
놀지 말아라
낮에는 골몰하나
쉴 때도 오겠네
일할 수 없는 밤이
속히 오리라

어둔 밤 쉬 되리니
네 직분 지켜서
지는 해 비낀 볕에
힘써 일하고
그 빛이 다하여서
어둡게 되어도
할 수만 있는 대로
힘써 일하라

그리하여

(시7:8)여호와께서 만민에게 심판을 행하시오니
여호와여 나의 의와 내게 있는 성실함을 따라 나를 판단하소서

라는 말씀 위에 서서 주님을 뵙게 되기를 간절히 소망합니다.

주님만을 바라보고 주님만을 의지함으로
성실하게 인생을 살아갈 수 있도록
강건함과 담대함을 허락하소서.

모든 일을 잘 살펴서 선한 것을 붙잡고

오늘 하루를 위한 기도

    - 윌리엄 바클레이

오 하나님,
나로 하여금 나의 생명을
당신께서 원하시는 대로 사용하게 도와주소서.
나로 하여금 은사와 능력을
다른 사람을 위해 쓰게 하심으로
남을 행복하게 하고 세상에 유익하게 하옵소서.
내가 가진 물질로
나를 위한 이기적인 목적이 아니라
남을 돕는 일에 후히 쓰게 하옵소서
나의 시간을 선한 일에만 지혜롭게 사용하도록 도와주옵소서.
이기적이거나 육적인 쾌락을 위해 쓰지 않고
남을 위해서 사용하게 하옵소서
나로 하여금 새로운 것을 깨닫고
나를 발전시키는 일을 위해 노력하게 하시며
배우는 것을 게을리하지 않게 하시고
세상의 무익하고 썩어질 것들에
결코 마음을 두지 않게 하옵소서

오늘 하루가 나를 발전시키고
다른 사람을 이롭게 하며
당신을 기쁘시게 하는 일에 쓰이게 하옵소서

매일을 여는 기도문으로, 그리고 성장을 위한 기도문으로 활용하기에
참 좋은 내용입니다.

살다 보면 어느새 열정이 식어버린 자신을 발견하곤 합니다. 분명 하나
님의 뜻에 따라 서로를 이롭게 하도록 인간(人間)으로서 창조되었음에
도 방향성을 상실한 다람쥐처럼 쳇바퀴만 돌리고 있는 것이지요. "정
체된 삶"입니다.

그런데 물이 계속 한 자리에 고여 있으면 썩어버리고 말듯이, 우리의
삶도 제자리만 맴돌면 썩어버리고 맙니다.
안타까운 것은, 하나님이 각자에게 선물해주신 그 귀한 은사와 재능이
고인 물과 같은 인생을 삶으로써 무용지물이 되고 만다는 점입니다.

**이때 "삶과 사람에 대한 강한 열정"이 필요합니다. 단 하루도 꺼지지 않
고 끊임없이 더욱더 강렬하게 타오르는 불꽃.**

"강렬한 열정"을 소유하려면, 웅크리고 앉아 있거나 딴 데로 시선을 돌
리지 말고 계속해서 "땔감(은사와 능력)을 넣고 불을 지펴줘야(헌신) 한
다"는 것을 하루하루 살아가면서 절실히 느끼게 됩니다.

가만히 놔두면 금세 사그라지는 불처럼, 이 열정(熱情)이란 것도 애정(愛情)을 가지고 키워주지 않으면 금방 식을 수 있다는 것을 알게 된 것이지요. 그리고 "열정이 자라야 재능도 자란다"는 점도요. 열정과 재능은 떼려야 뗄 수 없는 관계인 셈이지요.

여기서 물론 이 열정은 나와 내 인생, 남과 이 세상을 이롭게 하는 선한 목적에서 비롯되어야 하겠지요. 하나님의 말씀이 이 "선한 열정"의 확실한 기준이 되어줄 것입니다. 그리고 하나님의 뜻을 따르는 그 열정을 키우고 삶으로 살아냄(믿음의 삶)으로 우리가 비로소 성장하여 하나님 보시기에 유익한 존재가 될 것입니다.

"항상 즐거워하십시오. 쉬지 말고 기도하십시오. 모든 일에 감사하십시오. 이것이 그리스도 예수 안에서 여러분을 향한 하나님의 뜻입니다. 성령께서 일하시는 것을 막지 말고, 예언의 말씀을 하찮게 생각하지 마십시오. 모든 일을 잘 살펴서 선한 것을 붙잡고, 악한 것을 멀리하기 바랍니다. 평안의 하나님께서 여러분을 깨끗하게 하셔서 하나님께 속한 자로 지켜주시며, 여러분의 온 몸, 즉 영과 혼과 육신 모두를 우리 주 예수 그리스도께서 오실 그날까지 아무 흠 없이 지켜주시기를 기도합니다" (데살로니가전서 5장 16-23절, 아가페 쉬운성경).

그런데 물이 계속 한 자리에 고여 있으면 썩어버리고 말듯이,
우리의 삶도 제자리만 맴돌면 썩어버리고 맙니다.
안타까운 것은, 하나님이 각자에게 선물해주신 그 귀한 은사와 재능이
고인 물과 같은 인생을 삶으로써 무용지물이 되고 만다는 점입니다.

못 한다는 말 대신

길치, 기계치, 컴맹, 수포자…

못 한다고 말하면
안 하게 되고

안 하면
못 하니

못 한다는 말 대신
못할 게 뭐가 있나
난 할 수 있다!
선포해야겠습니다.

그럼으로써 도전하고 연구하겠지요.

그때 우리는 잠재되어 있던 가능성을
드디어 만나게 될 것입니다.

인생의 적들

오늘 라디오에서 "인생의 적들"을 이야기하네요.

이야기 마무리 즈음부터 들었는데
삼적(三敵)을 꼽습니다.

1. 허우적
2. 뭉그적
3. 흐느적

1. "허우적"은
방향을 잃은 방황을

2. "뭉그적"은
무계획과 게으름을

3. "흐느적"은
무기력을
의미하겠지요.

한 청취자가 한 개 더 보탭니다.

4. 이기적

생각해보면
허우적, 뭉그적, 흐느적 모두 다에서
이 한 몸 편해보자는 이기성이 느껴집니다.

반면에 그 반대인

1. 꿈
2. 부지런
3. 열정

에는

4. 이타성이 배어 있습니다.

인생의 적들을 퇴치하는
나로부터 뻗어가는 그 힘으로
견고하게 전진하기를 소망합니다.

쉬우면 재미없다!

SNS에서 "너무 쉬우면 재미없다!"가
가훈이라는 분을 만났습니다.

머리를 시원하게 해주는 말,
한 수 배웠습니다.
'맞아! 어려움이 즐거움이지!'
사실입니다.
쉬우면 재미없죠.

그러나,
그동안 너무 쉽게 살려고
쉬운 것만 찾아서 하고
쉽게 안 되면 포기하고
그렇게 재미없게 살아왔습니다.

땀도 흘리고 고비도 넘어가고
그러면서 답을 찾아가야
그래서 성취해야 그게 사는 재미죠.
이 가훈, 참 좋은데요.
고난을 축복으로 받는…

일한다면

맥도날드의 실질적 창업자 레이 크록은
당뇨병을 앓던 53세 때 사업의 기회를
포착하고 생성하고 확장시킴으로
과연 일한다는 것이 무엇인지를 여실히 보여주었습니다.
그가 남긴 말에서 일의 3요소가 무엇인지를 알 수 있습니다.

1. 과감하게
2. 남들보다 먼저
3. 뭔가 다르게

가슴 뛰게 하는 말입니다.
일을 하게 하는 말입니다.
일이 되게 하는 말입니다.

곧, 일한다면

1. 담대하게
2. 부지런하게
3. 창의적으로

일해야겠습니다.
어쩌면 레이 크록의 저 말은
매일 일하는 우리 모두에게
해당되는 말이 아닐까 생각합니다.

[책-〈엄마를 부탁해〉] 어머니처럼 가고 싶다.

정홍수 평론가의 해설대로
'기억의 법정'으로 불러들인
이 책 속의 엄마와 그 가족은
시리게도 아프게도 합니다.

책의 끝말이 "엄마를, 엄마를 부탁해-"인데
책의 처음부터 끝까지 던져준 숙고와 여운은
'과연 누구에게 엄마를 부탁할 것인가'라는
자문을 해보게 했고 이내 그 답을 말했습니다.

신의 사랑에 가장 가까운 존재가 어머니인데
그 어머니를 부탁할 존재는 하나님뿐이라는 답.

언제나 부탁을 받는 존재로,
자기 이름보다는 누구 엄마라는 이름으로
당연히 가족을 위해 헌신하고 봉사해야 한다는
무언의 정의가 내려진 어머니의 아픔과 외로움을
이 책 〈엄마를 부탁해〉를 통해 대략 알 수 있었습니다.

어머니들의 인생이 어느 정도 사회적인 의미를 갖기를

바랐다는 작가의 희망은
이 책을 통해 후회하고 결의하는 독자들의
마음을 통해서 이루어질 것입니다.

글을 쓰는 것 외에는 그 무엇도 나에게 어울리지 않는다는 것을
알게 된 게 행복인지 불행인지 나는 모른다.
이 길을 내가 선택한 것도 같고 처음부터 정해진 길에 들어선 것도 같다.
어머니는 나에게 늘 당신처럼 살지 말라고 했으나 나는 이 길을
나의 어머니처럼 가고 싶다.
  – 신경숙, 〈엄마를 부탁해〉, "작가의 말" 중에서

글쓰기가 곧 작가에게 인생이나 마찬가지라고 본다면
어머니처럼 그 인생길을 간다는 것은
섬김과 헌신의 삶을 살리라는 굳센 다짐으로 보입니다.

때로는 지치고 때로는 외롭고 때로는 우울해도
이내 툴툴 털고 일어나 모든 것을 품겠다는 듯
허리를 펴고 부지런히 손을 놀리는
그 어머니의 초지일관을 나 또한 닮아가고 싶습니다.

동사로 삽니까?

동사로 사고하고
동사로 느끼고
동사로 말하고
동사로 행동함으로
동사로 삽니까?

꿈을 물으면
의사라는 명사가 아니라
'아픈 사람을 고쳐주고 싶다'는 동사로 답합니까?

무엇을 하느냐고 물으면
일이라는 명사가 아니라
'땀 흘려 섬기고 있다'는 동사로 답합니까?

누구와 있느냐고 물으면
그라는 명사가 아니라
'명랑한 그와 유쾌한 시간을 보내고 있다'는 동사로 답합니까?

나는, 당신은, 우리는
동사로 삽니까?

제자리를 알고 지키는 삶

~~~~~~~~~~~

"규칙적인 삶이 최상의 나를 만든다."

지인의 SNS 문짝 첫말인데, 눈에 들어왔습니다.

예전에는
나는 느슨한 사람이고,
자투리 시간 활용에 강하며,
리버럴함을 추구하는 리버럴한 자라고
근거도 목적도 없으면서
그렇게 생각했습니다.

그러나 실은
비전이 부재했고
계획 수립을 힘들어했고,
그나마 세운 계획조차도 제대로 수행하지 않았을 뿐입니다.

그래서 내 마음속 진실의 일기장을 펴본다면
느슨함은 '게으름'으로
자투리 시간 활용은 '정작 중요한 일상의 게으름'으로
리버럴함의 추구는 '겉멋뿐인 게으름'으로

단어가 바로잡혀 있을 것입니다.

이제는 내 인생의 시간이 한 타임 지나고 보니
자연의 질서에 순응하면서 하루를 규칙적으로
살아야 할 필요성을 절감하게 됩니다.

계획 하면 떠오르는 저 유명한 벤자민 프랭클린은
(프랭클린 하니까 '프랭클린 플래너' 소유욕만

만족시키고 플래너답게 하루도 써보지 못한 것이 생각나네요)
자신의 성공 스토리를 아들에게 전해주기 위해 편지 형식으로
〈벤자민 프랭클린 자서전(The Autobiography of Benjamin
Franklin, 1793)〉을 썼는데, 새벽 5시에 일어나 그날의 계획을 세우고
밤 9시에 잠자리에 들 때까지 철저하게 규칙적으로 생활한 그는
아래 13가지 덕목을 철칙으로 삼고 지켰다고 합니다.

1. 절제(과식하지 말고 기분이 좋아질 만큼 술을 마시지 말 것)

2. 과묵(필요 이상의 말을 하지 말 것)

3. 질서(모든 물건을 제자리에 두고 사업에 있어 시간을 지킬 것)

4. 결단력(결정한 것을 꼭 행동에 옮길 것)

5. 검약(나 또는 다른 이에게 선행하는 일 외에는 절대로 돈을 쓰지 말 것)

6. 근면(1분도 낭비하지 말 것)

7. 성실(속이지 말고 언행일치할 것)

8. 정의(남에게 나쁜 일을 하지 말 것)

9. 중용(극단적인 것을 피할 것)

10. 청결(몸, 옷, 집의 불결함을 참지 말 것)

일상 통찰

11. 침착(사소한 일이나 불가피한 상황에 동요하지 말 것)

12. 정결(건강이나 자손을 위해서만 성관계를 할 것)

13. 겸손(예수와 소크라테스를 닮을 것)

시간이 너무나도 귀중하고

하루가, 한 달이, 일년이

끔찍할 만큼 후딱 지나가는 걸 알면서도

시간에 쫓기고 시간을 아쉬워할 뿐

시간의 질서를 잡음으로써

자연의 규칙을 따르지

못하고 있음을 반성합니다.

자연은 제자리를 압니다.

인간도 그래야겠지요.

즉 내가 있어야 할 곳을 아는 것이

자연의 규칙을 따르는 일이겠지요.

나를 제자리에 위치시킴으로써,

즉 내 인생의 자리에서

내 할 일을 행함으로써

성공하는 삶을 살기를 소망합니다.

일상 통찰

초판인쇄	2018년 5월 18일
초판발행	2018년 5월 23일

지은이	정민규
발행인	조현수
펴낸곳	도서출판 프로방스
마케팅	최관호 최문섭 신성웅
편집	정민규
디자인	호기심고양이

주소	경기도 고양시 일산동구 백석2동 1301-2
	넥스빌오피스텔 704호
전화	031-925-5366~7
팩스	031-925-5368
이메일	provence70@naver.com
등록번호	제2015-000135호
등록	2015년 06월 18일

정가 15,000원

ISBN 979-11-88204-49-6 03810